A L'ASSAUT DE L'INVISIBLE

DU MÊME AUTEUR

DANS CETTE COLLECTION :

À L'ASSAUT DE L'INVISIBLE
MISSION STELLAIRE
LA MAISON ÉTERNELLE
QUÊTE SANS FIN
AU-DELÀ DU NÉANT
ENFANTS DE DEMAIN
LA BÊTE

A. E. VAN VOGT

SCIENCE-FICTION

A L'ASSAUT DE L'INVISIBLE

PRESSES POCKET
8, rue Garancière - Paris

Publié aux États-Unis
sous le titre :
SIEGE OF THE UNSEEN

traduction d'Alain DOREMIEUX

ISBN 2-266-00350-X

I

DÉPOSITION DE THOMAS BARRON DEVANT LE TRIBUNAL

JE m'appelle Thomas Barron et je suis agent de change. Michael Slade était mon associé depuis neuf ans. Je n'ai jamais rien soupçonné d'anormal chez lui. C'était une forte personnalité; je le considérais comme un individu supérieur à la moyenne.

Après l'accident d'auto qui a déclenché les événements, je l'ai revu plusieurs fois, pour négocier avec lui le rachat de ses parts dans la société Slade & Barron. Je n'ai décelé en lui rien d'alarmant, et j'ignore ce qui s'est réellement passé.

....

L'accident venait de se produire. La voiture avait fait un tonneau.

Slade, étourdi, gisait sur le dos. Il avait perdu ses lunettes. Un liquide chaud coulait de son front jusqu'à son œil gauche.

Il s'essuya et vit avec saisissement du sang sur sa main. Sa femme à côté de lui se redressait. Il lui sourit avec effort.

« Une chance que nous n'ayons rien. Je ne sais pas ce qui s'est passé. Peut-être la direction qui s'est rompue. »

Il s'interrompit. Miriam était si près de lui que, malgré sa mauvaise vue, il distinguait l'expression d'horreur de son regard.

« Ton front, Michael! Le point sensible... Il y a un trou, cela saigne et... *Michael, c'est un œil!* »

Slade, ahuri, se pencha vers le rétroviseur, qu'il redressa pour capter son image. L'entaille au centre de son front avait cinq centimètres de large.

A l'intérieur, était visible un troisième œil.

La paupière de cet œil était maintenue fermée par l'afflux de sang. Mais il vit qu'elle commençait à palpiter. Une vague perception lumineuse parvenait à son cerveau.

La plaie commençait à le faire souffrir.

....

UN DE NOS CONCITOYENS POSSÈDE UN TROISIÈME ŒIL!

Une blessure superficielle au front, survenue dans un accident d'auto, a révélé que Michael Slade, le jeune agent de change, avait un troisième œil. Mr. Slade a été interviewé à l'hôpital où il a été transporté hier. Il est en bon état, mais fortement troublé par le phénomène dont il est l'objet. La blessure, a-t-il indiqué, a touché un point sensible de son os frontal, point qui a toujours été fragile. Mais il ne s'explique pas la présence de cet organe inutile, dont il se demande quel dessein de la Nature il peut servir.

Mr. Slade a ajouté qu'il ferait sans doute procéder à une greffe pour rendre à son front son aspect normal. « Les gens vont voir les monstres dans les foires, a-t-il déclaré, mais autrement, ils n'aiment pas les regarder. »

Cet événement a suscité un énorme intérêt dans les milieux scientifiques de notre ville. Selon Mr. Arthur Trainor, professeur de biologie au Collège technique, il pourrait s'agir d'une mutation, ou simplement d'une régression (auquel cas il faudrait admettre que nos ancêtres possédaient jadis trois yeux). Mr. Trainor admet toutefois que la seconde hypothèse prête à discussion, puisque l'existence de deux organes visuels s'observe dans tout le règne animal. Et pourtant, la glande pinéale ne peut-elle être regardée comme l'embryon d'un autre œil?

Le docteur Joseph McIver, spécialiste de la vue, estime qu'une expérience serait intéressante à tenter : éduquer simultanément la vision des trois yeux de manière à la rendre parfaite pour chacun. Entreprise ardue, reconnaît le docteur McIver, puisque le troisième œil de Mr. Slade ne perçoit qu'une faible luminosité, et qu'il est déjà difficile, à l'aide de la fameuse méthode d'entraînement de la vue, d'enseigner à deux yeux imparfaits à voir normalement.

« Néanmoins, a déclaré le docteur McIver, le cerveau humain est une étrange et merveilleuse machine. Quand il est en état de relaxation, tout dans l'organisme fonctionne harmonieusement. Mais quand il est en proie à une tension quelconque, des troubles visuels, auditifs, gastriques, et tous autres troubles organiques, se manifestent. »

Notre reporter n'a pu réussir à joindre Mrs. Slade, qu'il désirait également interviewer.

. . . .

DÉPOSITION DE Mrs. MIRIAM CRENSHAW DEVANT LE TRIBUNAL

Je m'appelle Miriam Leona Crenshaw. J'ai été la femme de Michael Slade et j'ai repris mon nom de jeune fille après notre divorce. J'avais fait sa connnaissance il y a six ans et avais toujours vu en lui un être normal.

Je n'ai rencontré que deux fois mon mari après

l'accident qui a révélé son anomalie. La première fois pour le supplier de renoncer à garder son troisième œil. Mais il était profondément influencé par l'opinion d'un spécialiste de la vue, citée dans la presse locale, qui estimait possible une rééducation simultanée de ses trois yeux. Et il pensait que la publicité accordée à son cas rendrait vain tout effort pour rentrer dans l'anonymat.

Cette décision fut la cause de notre séparation, et je ne revis mon mari que pour signer les papiers du divorce.

Je ne sais rien de spécial sur les événements qui ont suivi. Je n'ai même pas vu le corps. J'ai refusé de l'identifier quand on m'a dit à quel point il était déchiqueté.

....

Slade était assis et s'exerçait à déchiffrer à distance les planches de lecture, en se bouchant alternativement un œil et puis l'autre avec la paume de sa main. Il attendait le docteur McIver.

Les planches étaient éclairées par le soleil, mais il se trouvait à l'ombre, confortablement enfoncé dans un fauteuil-relax. La relaxation, c'était le secret.

Cependant, au bout de trois mois d'études et d'exercices solitaires, ses progrès restaient minimes.

Des pas retentirent dans l'allée. Slade leva la tête et observa avec curiosité l'ophtalmologiste. Le docteur McIver était un homme de haute taille, aux cheveux gris, âgé d'environ cinquante-cinq ans — même sans lunettes, Slade distinguait ces détails.

« On m'a dit que je vous trouverais ici », déclara le docteur.

Il regardait les trois planches situées respectivement à un mètre cinquante, trois et six mètres du fauteuil où Slade était assis.

« Je vois, poursuivit-il que les principes de l'entraînement visuel vous sont déjà familiers. J'aimerais que les gens comprennent la chance qu'ils ont de posséder une lampe de dix mille bougies dans le ciel. Je crois qu'avant ma mort, je deviendrai un adepte de l'adoration du soleil! »

L'abord chaleureux du docteur mettait Slade en confiance. Quand il lui avait téléphoné, il doutait de l'opportunité de consulter un spécialiste. Désormais ces doutes s'estompaient.

Il exposa son problème. Après trois mois d'entraînement, il devait se mettre à trente centimètres de la planche pour déchiffrer, avec son nouvel œil, la ligne normalement lisible à trois mètres. Et s'il reculait, sa vision empirait hors de proportion avec l'éloignement. A un mètre, il distinguait à peine la lettre C visible en principe à soixante mètres.

« Autrement dit, commenta le docteur McIver, c'est un phénomène avant tout mental. Votre esprit annule des images qui lui sont familières, et cela vraisemblablement parce qu'il en a l'habitude. »

Il ouvrit sa trousse. « Voyons si nous pouvons lui faire abandonner cette habitude. »

Son attitude positive communiquait à Slade un sentiment de détente. C'était de cela qu'il avait besoin. Il souffrait d'une tension nerveuse trop longtemps accumulée. Sans qu'il en eût conscience, la lenteur de ses progrès devait l'avoir exaspéré.

« D'abord quelques questions, dit le docteur McIver en ajustant un rétinoscope. Avez-vous lu tous les jours de petits caractères d'imprimerie? Pouvez-vous « retourner » les lettres? Avez-vous accoutumé vos yeux à la lumière directe du soleil? Bon! Commençons par l'œil droit. »

Slade pouvait lire à une distance de six mètres la ligne qui eût dû être visible à quinze mètres. Placé à environ deux mètres de lui, le docteur McIver étudiait son œil à travers le rétinoscope.

« Œil droit : quatre dixièmes d'acuité visuelle, déclara-t-il enfin. Astigmatisme de deux dioptries. »

Il ajouta : « Vous êtes-vous exercé à regarder des dominos? »

Slade hocha affirmativement la tête. Jusqu'à un certain point, il était parvenu à corriger le déséquilibre musculaire qui était cause de l'astigmatisme affectant ses trois yeux.

« Passons à l'œil gauche », dit le docteur McIver. Et, un peu plus tard, il annonça : « Trois dixièmes d'acuité visuelle, astigmatisme de trois dioptries. »

Puis finalement :
« Œil frontal : un cinquantième d'acuité visuelle, astigmatisme de onze dioptries. Et maintenant, bouchez-vous les yeux avec les paumes. »

Après un temps de repos oculaire, Slade

obtint avec son œil droit, puis son œil gauche, une acuité de dix dixièmes durant quelques secondes, et, l'espace d'un éclair, presque un dixième avec l'œil central.

« Nous commencerons, dit le docteur McIver, par améliorer la perception de la couleur noire. Quand vous croyez voir du noir, en fait vous vous trompez. »

Il sortit divers échantillons noirs de son sac : des morceaux de fourrure, de laine, de coton, de soie, de carton, de métal, ainsi que des objets noirs, tels que stylo, livre et cravate.

« Regardez-les, fit-il. L'esprit ne peut se rappeler vraiment une teinte noire plus de quelques secondes. Ensuite vous vous boucherez les yeux, et vous mettrez en branle votre imagination en tâchant d'évoquer successivement tous ces échantillons. »

Au bout d'une demi-heure, Slade avait notablement amélioré l'acuité de chacun de ses yeux. Il pouvait avec son troisième œil voir la grande lettre C à six mètres, et distinguer sous la forme de taches floues le R et le B de la ligne au-dessous. Mais il était encore loin de la vision parfaite.

« Bouchez-vous encore les yeux, dit le docteur McIver. (Et il se mit à lui parler d'une voix douce.) Noir est noir comme le noir. Il n'y a pas d'autre noir que le noir. Le noir pur, sans altération, le noir noir est le seul vrai noir. »

C'était une litanie absurde avec un fond de raison. Slade eut un sourire tout en évoquant ce noir qui était le dénominateur commun de tous les objets posés devant lui. « Noir, songea-t-il, noir, où es-tu? »

Il entrait avec aisance dans le jeu. Noir est noir comme le noir d'une nuit sans lune, noir comme l'encre, noir comme tout le noir jamais conçu par la pensée de l'homme. Tout le noir...

Il ouvrit son œil frontal et, sur la planche située à six mètres, lui apparut la ligne normalement lisible à trois mètres. Il cilla; la ligne était toujours là, aussi noire que l'encre à laquelle il venait de penser. Saisi, il ouvrit les deux autres yeux. Toujours rien de flou dans sa vision. Avec une acuité visuelle décuplée, il regarda autour de lui.

Et... il *vit!*

*

Au début, le paysage environnant demeura partie intégrante du décor. Il voyait toujours les planches de lecture, la haie du jardin, les massifs d'arbustes, les maisons voisines. Mais les éléments d'un paysage différent s'y greffaient, dont il percevait les contours vagues comme en surimpression.

Puis, peu à peu, ces contours se précisèrent, se détachant plus nettement sur le tableau familier qui inversement se ternissait, comme si les deux scènes luttaient d'intensité. A la gauche de Slade, superposé aux maisons dont il apercevait les toits en contrebas, s'étendait un marécage immense, où pullulait la végétation. A sa droite, là où se dressait une colline qui bouchait l'horizon, apparaissait une rangée de cavernes à l'entrée desquelles des feux étaient allumés.

La fumée de ces feux s'élevait en noires volutes, qui obscurcissaient davantage encore l'image des maisons à flanc de colline. Celles-ci devenaient de plus en plus floues.

Slade remarqua soudain que la colline aux cavernes était plus haute et plus escarpée que la première. Une corniche s'étendait devant la rangée de cavernes, et sur cette corniche il distingua quelque chose qui remuait.

C'étaient des êtres humains! Ils allaient et venaient, disparaissant dans les cavernes ou en émergeant, pour se pencher sur des marmites au-dessus des feux et alimenter ceux-ci avec du bois. Ils étaient peu nombreux; la plupart d'entre eux avaient les cheveux longs caractéristiques des femmes, cependant que les autres, plus petits, ressemblaient à des enfants. Leurs vêtements primitifs — clairement visibles même à distance — rendaient l'apparition encore plus incroyable.

Bien qu'éprouvant un vague désir de se lever, Slade ne bougea pas. Il était trop tôt encore pour réagir ou même essayer de comprendre. La mémoire lui revenant, il se souvint que ce phénomène était lié à l'amélioration de sa vue. Et en même temps cette pensée l'étreignait : « Au nom de ma santé mentale, que se passe-t-il? »

Mais son étonnement demeurait à l'arrière-plan. Et la scène des troglodytes s'imposait à son regard avec une clarté toujours accrue. Son jardin et les maisons avoisinantes n'étaient plus que des images vacillantes, mirages fragiles prêts à s'éteindre comme une chandelle qu'on souffle.

Pour la première fois, Slade se rendit compte que c'était à un effort visuel intense qu'il avait dû de capter simultanément les deux scènes, comme lorsqu'on essaie d'accommoder à la fois sur des objets rapprochés et éloignés. A présent cet effort se relâchait et le second tableau, à chaque instant, requérait davantage son attention.

L'engourdissement qui le figcait l'abandonna. Il se leva d'un bond.

Avec un intérêt croissant, il vit par-delà le marécage une prairie, parsemée de gigantesques buissons en fleurs et, au loin, des arbres dont la hauteur semblait stupéfiante. Tous les détails étaient clairs et brillants, comme sous un soleil d'été. On eût dit une contrée vierge, idéale, un pays de conte de fées; il la contemplait avec ravissement.

Il s'arracha à cette vision pour se tourner

de l'autre côté. Il eut alors un sursaut : à proximité de lui se tenait une femme, qui devait avoir surgi au même moment de derrière un arbre.

Elle était grande et mince. Sans doute se préparait-elle à se baigner dans la rivière qui débouchait un peu plus loin dans le marécage : en effet, à part une ceinture argentée — sans doute ornementale — à la taille, elle était complètement nue.

De ses trois yeux, la femme dévisageait Slade avec surprise, mais sans embarras. Quelque chose dans son attitude était plus déplaisant qu'attirant : peut-être son air dominateur, marque d'une créature habituée à ne dépendre que d'elle-même. Slade nota qu'elle était moins jeune qu'il ne l'avait d'abord cru.

Plissant les yeux, elle prit la parole. Le registre de sa voix était grave. Slade ne comprenait pas ce qu'elle disait, mais son intonation paraissait dépourvue d'aménité.

Puis, progressivement, sa silhouette se mit à s'effacer. La plaine aux grands arbres, le marécage, la colline aux cavernes, devenaient également moins visibles. A travers le corps de la femme, réapparurent les lignes d'une maison, tandis que tout autour de Slade, le monde de chaque jour reprenait forme.

Brusquement, il se retrouva dans le jardin, debout près de son fauteuil. Le docteur McIver, un peu plus loin, lui tournait le dos, regardant au-delà de l'angle de la maison. Il fit demi-tour et vit Slade. Son visage s'éclaira.

« Je vous cherchais, expliqua-t-il. Où étiez-vous? Le temps de regarder ailleurs, et vous aviez disparu sans prévenir. »

Slade ne répondit pas. La douleur de ses yeux était intolérable.

C'était comme une intense brûlure.

....

DÉPOSITION DU DOCTEUR McIVER DEVANT LE TRIBUNAL

J'ai été en relation avec Michacl Slade durant une période d'environ deux mois et demi. Je l'ai aidé une heure par jour à pratiquer l'entraînement visuel. Ses progrès étaient lents, car après un retour à la normale le premier jour, il avait subi une rétrogression anormalement forte.

Quand je l'ai interrogé sur les phénomènes qu'il avait observés lors de son bref accès de vision surdéveloppée, il a longtemps hésité, puis a secoué la tête.

Au bout de dix semaines, son troisième œil avait une acuité d'un quarantième seulement. Ce fut alors qu'il décida d'aller séjourner dans sa ferme de Canonville, espérant que le décor de son enfance, en lui détendant l'esprit, lui apporterait une amélioration.

J'ai su plus tard qu'il était revenu chez lui, mais je ne l'ai pas revu jusqu'au jour où l'on m'a appelé à la morgue pour identifier son corps.

II

LE premier jour à la ferme ! L'air avait une fraîcheur plus intense, qui était perceptible. Le soleil déclinait et une brise de septembre soufflait sur les pâturages quand Slade arriva, porteur de ses planches de lecture.

Il soupira. Ce serait bientôt le soir et il ne voulait pas attendre à demain. Il avait acquis la conviction qu'il pourrait se remémorer sans peine les jours heureux de son enfance à la ferme. S'il échouait aujourd'hui, le doute l'envahirait, donnant naissance à la tension nerveuse.

Autre raison de son départ : l'inquiétude vague que lui causait l'apparition des troglodytes. La proximité de cette tribu, même sur un autre plan de l'espace ou du temps, le troublait. Ici, dans cette prairie, la situation était différente. Aucun habitant de ce monde à la faible densité humaine ne risquerait vraisemblablement de se trouver dans les parages.

« Ce que l'esprit veut voir, pensait Slade, il le verra, si la chose est là pour être vue. » Il créait mentalement les conditions propres à redonner à son esprit le désir de voir.

Il se boucha les yeux avec ses mains, puis s'exerça à déchiffrer une des planches avec son œil central. Il pouvait voir le grand C à six mètres. Le R et le B se détachaient au-dessous en contours flous; quant à la troisième ligne — T F P — elle apparaissait sous la forme d'une tache grise. Ses progrès avoisinaient le néant.

Il se reboucha les yeux. Selon les théoriciens de l'entraînement visuel, le globe oculaire s'allongeait pour la vision des objets rapprochés et s'aplatissait pour la vision à distance. Certains praticiens admettaient que les muscles ciliaires pouvaient en outre modifier, jusqu'à un certain point, la courbure du cristallin.

Mais, quelle que fût l'explication du phénomène, la vision demeurait médiocre en cas d'un trop grand effort musculaire. Et comme ces muscles étaient contrôlés par l'imagination — part de l'esprit difficile à maîtriser — le problème n'en était que plus complexe pour les gens porteurs de lunettes ou atteints de troubles de la vue.

« La solution est en moi, pensait Slade. J'ai éliminé l'astigmatisme dont souffraient mon œil gauche et mon œil droit, et pourtant mon autre œil continue d'être astigmate, parfois jusqu'à la cécité. »

Or cet œil avait une fois prouvé qu'il pouvait avoir un fonctionnement normal — et même supérieur à la normale. L'affection était donc de nature purement mentale.

Mais, une heure avant le coucher du soleil, le cerveau de Slade refusait toujours de prendre en charge le troisième œil.

« Peut-être, se dit Slade, qu'en allant visiter les endroits dont l'image est la plus vivace dans mes souvenirs, je parviendrai à me remettre dans l'ambiance et à... »

Tout d'abord, la crique en bordure de laquelle il s'était souvent caché dans les broussailles, pour observer sur la route les voitures lancées vers un but merveilleux et lointain.

L'herbe jadis aplatie par son jeune corps était épaisse et touffue. Il s'y agenouilla, humant son parfum; s'y allongea, le visage enfoui dans sa fraîcheur; demeura sans bouger, en proie à la fatigue et à la tension accumulées au cours des mois écoulés.

« Est-ce que je suis fou? se demanda-t-il. Ai-je rompu avec ma femme, avec mes amis, pour n'enfourcher qu'une chimère? » Avait-il réellement vu cet autre monde, ou n'était-ce qu'un phantasme engendré par son esprit à la faveur d'un profond rajustement organique?

Il se sentit plus déprimé que jamais. Le soleil rejoignit l'horizon et le crépuscule s'enténébrait quand il se releva pour prendre le chemin de la ferme.

Dans l'obscurité croissante, il ne put trouver le sentier, aussi traversa-t-il la prairie, en butant par endroits contre des mottes de terre. Il apercevait de la lumière à la dernière fenêtre de la ferme, mais celle-ci semblait plus éloignée qu'il ne l'eût pensé d'après ses souvenirs. Cette notion lui causa une inquiétude subite, qui cinq minutes plus tard se mua en peur. La haie! Il aurait dû depuis longtemps avoir rejoint la haie.

Il s'arrêta net. La lumière paraissait n'être plus qu'à une centaine de mètres de lui.

*

Slade s'assit dans l'herbe. « C'est ridicule, se dit-il. Mon imagination me joue des tours. »

Mais il éprouvait une sensation de vide au creux de l'estomac, tout en essayant de percer du regard les ténèbres environnantes. Il n'y avait ni lune ni étoiles. Seule la lumière proche brillait en dégageant un léger halo. Elle ne révélait rien de l'édifice d'où elle provenait.

En proie à une fascination grandissante, Slade la fixa en clignant les yeux. Il savait qu'il venait à nouveau de passer sur un autre plan. Mais il se rassura en se disant qu'il lui serait sans doute facile de revenir sur Terre. Après tout, c'était son esprit seul qui l'amenait ici.

Se relevant, il se dirigea vers la lumière.

Comme il s'en approchait, il vit qu'elle provenait des interstices d'une porte s'encadrant dans la surface concave d'une masse métallique. Le métal luisait faiblement autour de la porte, et le reste de l'édifice, dont rien n'indiquait la forme, se fondait dans la nuit.

A trente mètres de la porte, Slade s'arrêta. La fascination dont il était l'objet ne cessait de croître, mais son désir d'investigation diminuait. « Pas maintenant », pensait-il, dans l'obscurité hostile de ce monde étranger. Il attendrait le matin. Mais une préoccupation l'arrêta : avant l'aube, peut-être la tension nerveuse réintégrerait-elle son esprit, dissociant la vision?

« Je frappe simplement à la porte, songea-t-il. Si je peux, je regarde à l'intérieur. Et ensuite, je m'en vais. »

La porte était de métal, et si massive qu'en la heurtant du poing il ne déclencha qu'un bruit dérisoire. Dans sa poche, il trouva plusieurs pièces de monnaie, avec lesquelles il fit résonner la surface métallique. Puis il recula d'un pas, attendant un résultat.

Le silence continua de l'enserrer de toutes parts comme une lourde chape. Le silence d'une nuit sombre sur une terre à demi déserte, habitée seulement de rares troglodytes...

A ce point de ses pensées, il s'interrompit et s'interrogea. Ce n'était pas devant une résidence d'hommes des cavernes qu'il se trouvait. Alors avait-il accédé à un autre plan, différent de celui où s'était matérialisée la femme nue?

S'écartant de la porte, il se retira dans l'ombre. Ce faisant, il buta contre un obstacle et s'y meurtrit les jambes. Il s'agenouilla et, à l'aveuglette, tâta l'objet qui avait failli provoquer sa chute. Son intérêt s'éveilla quand il constata qu'il était en métal. Il voulut allumer sa lampe de poche mais elle ne fonctionna pas. En maugréant, Slade essaya de saisir l'objet — en vain car celui-ci était solidement ancré dans le sol.

Il semblait consister en une sorte de grand disque fixé à un socle. Slade était toujours en train de le palper, cherchant à le tirer à lui, lorsque la pluie se mit à tomber. Il alla s'abriter sous un arbuste, mais, sous la recrudescence de la pluie, finit par être transpercé. Acceptant son destin, il revint alors vers la porte. Il en actionna la poignée, poussa le battant, et celui-ci s'ouvrit immédiatement.

Un vaste corridor vivement éclairé apparut à Slade, qui s'y engagea. Dans ses parois métalliques se trouvaient des portes — trois de chaque côté. Slade les essaya l'une après l'autre. La première donnait sur une longue pièce étroite, qui semblait au premier abord tapissée de miroirs à l'éclat bleuté. Mais Slade, à son extrémité, vit briller un ciel constellé.

Il referma hâtivement la porte. Il n'éprouvait pas de peur; toutefois, l'incapacité où il se trouvait d'interpréter ce qu'il voyait le mettait vaguement mal à l'aise.

La notion qu'il avait de ce monde demeurait par trop fragmentaire pour que ses étrangetés ne le rebutent pas.

Traversant le corridor, il se dirigea, sur sa gauche, vers la porte qui faisait face à la précédente. Elle s'ouvrit sur une autre pièce, identique en forme et en dimension à la première. A l'intérieur, étaient empilées des caisses dont certaines étaient béantes, leur contenu répandu sur le sol. Slade y distingua des instruments multiples, un attirail d'accessoires de toutes tailles. Plusieurs caisses étaient poussées en désordre sur le côté, comme si l'on avait fouillé à la recherche d'un objet difficile à trouver.

Slade referma cette autre porte. Il était encore intrigué, mais, cette fois, ne ressentait pas d'inquiétude. Un entrepôt restait toujours un entrepôt, c'est-à-dire une chose identifiable; son esprit acceptait le fait sans avoir besoin de connaître les objets que renfermaient les caisses.

Les deux portes centrales révélèrent deux décors similaires : une machinerie massive s'élevant aux trois quarts de la hauteur de la pièce. Slade en reconnut la nature, malgré les dimensions imposantes. Depuis plus d'un an, les journaux et magazines américains avaient reproduit des photos du nouveau moteur atomique destiné à équiper les astronefs; en dépit de différences de détail, l'aspect général était le même.

Tour à tour, il ferma encore chaque porte et, indécis, se tint au milieu du corridor. La situation ne lui plaisait pas. Un astronef étrange sur un autre plan de vie, dans une contrée désertique et nocturne où il apparaissait comme un point de lumière isolé, pareil à un piège... Était-ce la réalité ou de trompeuses apparences? N'était-il pas en train de rêver, de transpirer dans son lit, en proie à un cauchemar dont il s'éveillerait dans un instant?

Mais les minutes passaient et il ne se réveillait pas. Cependant son esprit s'habituait graduellement au silence ambiant. Surmontant la panique qui avait failli le saisir, il se rendit vers la cinquième porte.

Elle s'ouvrit sur une obscurité qui le fit reculer. Puis, ses yeux s'y accoutumant, il discerna au bout de quelques secondes une silhouette, appuyée contre le mur le plus sombre. Trois yeux, reflétant vaguement la lumière du couloir, brillaient dans sa direction...

Slade perçut cela en un éclair, puis, instantanément, son cerveau nia la vision — la refusa.

L'astronef disparut. Slade tomba d'une hauteur d'un mètre sur une surface herbeuse. Il était au bord de la crique. A cinq cents mètres luisait une lumière. La véritable lumière de sa ferme.

Il était revenu sur la Terre!

*

Ne sachant que faire, Slade demeura à la ferme. Sa nouvelle expérience avait affecté la vue de ses trois yeux; en outre, ses nerfs avaient été durement ébranlés. Il cherchait à se persuader que la créature entr'aperçue dans un recoin de cet astronef vide, comme postée dans l'ombre pour l'épier, ne pouvait être la femme de sa précédente vision.

Et cependant, la ressemblance entre la silhouette et la jeune femme à la ceinture d'argent l'avait frappé à tel point qu'elle avait immédiatement soumis son cerveau à une tension anormale. Par la vitesse même avec laquelle il avait *rejeté* la notion de sa présence, son esprit témoignait qu'il l'avait reconnue.

La question était de savoir s'il poursuivrait ses tentatives. Un mois durant, il se promena aux abords de la ferme, sans pouvoir se décider. Indécision surtout due au fait que son retour au monde naturel, il s'en rendait compte maintenant, avait plus été le résultat d'un hasard que d'une nécessité inéluctable. C'était simplement la rencontre de la femme et le choc consécutif qui, les deux fois, l'avaient provoqué.

La vision normale provenait de l'équilibre de divers facteurs, tant mentaux que physiques. Ses muscles affaiblis par l'absence d'exercice et l'usage des lunettes manquaient de l'endurance voulue pour résister aux impulsions brutales frappant le cerveau. Mais une fois endurcis, ils seraient en mesure de supporter des chocs encore plus violents que les précédents. Et, dans ce cas, par quel moyen regagnerait-il son univers?

« Une femme démoniaque, songea-t-il, embusquée dans l'ombre d'un astronef fantomatique au milieu d'une contrée désertique... » Perspective, tout bien considéré, peu engageante. Il n'était plus tellement sûr de vouloir se projeter sur cet autre plan, auprès de cette femme qui le guettait, qui cherchait peut-être à l'attirer dans un piège.

Le mois écoulé, la première neige recouvrit les collines. Slade rentra en ville sans avoir pris sa décision.

....

DÉPOSITION DU PROFESSEUR GRAY

Je m'appelle Ernest Gray. Je suis professeur de langues étrangères. Il y a quelque temps — je n'ai plus la date exacte en tête — j'ai reçu la visite de Michael Slade. Il m'a raconté que, rentrant d'un séjour à la campagne, il avait appris qu'en son absence une femme à trois yeux était venue chez lui.

D'après le récit de Mr. Slade, j'ai compris que son domestique avait laissé entrer cette femme dans la maison — elle semblait avoir une grande force de persuasion — et lui avait donné l'hospitalité durant cinq jours. Au terme de cette période, c'est-à-dire la veille du retour de Mr. Slade, elle partit ne laissant derrière elle qu'une lettre et une pile de disques. Mr. Slade m'a montré la lettre. Bien qu'elle ait déjà été produite comme pièce à conviction devant le jury, j'en répète ici les termes afin de clarifier ma déposition. Son contenu était le suivant :

Cher Mr. Slade,

Vous utiliserez ces disques pour apprendre la langue de Naze. Le disque-référence se dissoudra d'ici quinze jours, mais ce temps vous suffira pour savoir parler le nazien.

La situation à Naze, vous vous en apercevrez, est très simple, mais elle est aussi dangereuse. Voici ce que vous devrez faire. Dès que vous connaîtrez la langue, vous vous rendrez sur le plateau situé à trois kilomètres à l'ouest de la ville de Smailes. Arrêtez votre voiture près d'une grange abandonnée à trois cents mètres de la route, n'importe quelle nuit à minuit.

Lors de toutes vos incursions dans Naze, méfiez-vous de Geean et des chasseurs de la cité.

LEEAR.

Lorsque Mr. Slade m'a apporté les enregistrements, le disque-référence était déjà détruit, mais ayant écouté ceux qui subsistaient, je puis affirmer que cette langue est le résultat d'un truquage — peut-être une invention des individus à trois yeux pour communiquer entre eux. Étant donné que s'est manifestée une femme à trois yeux, je suppose en effet qu'il existe de par le monde plusieurs de ces monstres. Quant au nom de Naze, j'ai d'abord voulu y voir une allitération de celui du parti nazi, mais sa prononciation, telle qu'elle était établie par les disques, ne corroborait pas cette hypothèse.

Il est dommage que le disque de base ait disparu; il aurait permis une traduction de ce langage issu de l'imagination délirante d'un groupe de névropathes.

On m'a dit que le corps de Mr. Slade a été retrouvé près de Smailes, à environ un kilomètre de la grange abandonnée mentionnée dans la lettre susdite. Mais je ne sais rien là-dessus et n'ai pas vu le corps.

III

TOUT, d'abord, Slade resta dans sa voiture. Mais, aux approches de minuit, il en sortit pour examiner la grange à la lumière de sa lampe-torche. L'intérieur, aux cloisons de bois nu, était aussi vide que l'après-midi quand il était venu pour la première fois l'explorer.

Le champ couvert de chaume s'étendait dans l'obscurité, bien au-delà de la portée de sa lampe. Un quartier de lune s'élevait à l'est, et des étoiles brillaient faiblement, mais leur clarté ne suffisait pas à rendre les alentours visibles.

Slade éteignit la lampe et consulta le cadran lumineux de sa montre. Bien qu'il sût l'heure proche, il tressauta. 11 h 55. Encore cinq minutes, pensa-t-il avec un frisson, et *elle* serait ici.

Une fois de plus, il regretta d'être venu. Quelle folie de se risquer ainsi dans ce lieu sauvage, où nul ne l'entendrait appeler à l'aide, sinon les collines qui lui renverraient moqueusement l'écho de sa voix. Bien sûr, il s'était muni d'un revolver, mais il savait qu'il hésiterait à s'en servir.

Il tenta de lutter contre sa nervosité croissante. Cette femme, cette Leear, s'était montrée habile en ne fixant pas de date pour le rendez-vous. *N'importe quelle* nuit, disait sa lettre. Elle savait que cette perspective agirait sur le cerveau de Slade. Si elle avait précisé le moment comme l'endroit, il aurait pu fortifier assez sa résolution pour s'interdire d'y aller.

Au contraire, le vague de ces données avait annulé en lui toute velléité de résistance. Chaque jour ramenait le même problème : irait-il cette nuit ou non? Chaque jour, le pour et le contre ravageaient son cerveau, le laissant épuisé. Finalement, il s'était dit qu'elle n'avait pu lui enseigner la langue dans le but de lui nuire. Elle s'intéressait à lui, attendait de lui quelque chose. Et étant un homme à trois yeux, il ne pouvait s'empêcher de lui rendre cet intérêt, puisqu'elle était sa semblable au moins sur ce point. Si, en lui parlant cette nuit, il pouvait éclaircir le mystère où il était plongé, alors il valait la peine de courir ce risque.

Ainsi donc il était venu, pour le meilleur ou pour le pire.

Il regarda sa montre. Une nouvelle fois, un frisson lui parcourut l'échine. Il était exactement minuit.

Le silence était intense; aucun bruit ne troublait la nuit. Slade avait éteint les phares de sa voiture. Il pensa soudain, sans savoir pourquoi,qu'il aurait dû les laisser allumés.

Il allait retourner vers la voiture mais se ravisa. Ce n'était pas le moment de quitter l'abri qu'offrait la grange. Reculant jusqu'au mur extérieur, il s'y tint appuyé, la main dans sa poche, posée sur son revolver. Puis il se mit à attendre.

Au début, il ne perçut pas même un son, mais une simple palpitation de l'air. Ce n'était pas une brise normale : cela venait d'en haut.

D'en haut! Avec un sursaut, Slade leva la tête. Il ne vit rien. Nul mouvement sur le fond noir bleuté du ciel. Il ressentit un frémissement, une fièvre, une sensation d'inconnu qu'il n'avait jamais expérimentée auparavant, puis...

« L'important, Michael Slade, dit une voix résonnant au-dessus de sa tête (voix qu'il reconnaissait comme étant celle de Leear), est que vous restiez en vie durant les vingt-quatre heures de votre séjour dans la ville de Naze. Soyez prudent et ne dites rien de ce que vous savez ou ignorez. Bonne chance. »

A trois ou quatre mètres au-dessus de lui, jaillit un violent éclair de lumière. Slade, fermant à demi ses yeux éblouis, saisit son revolver. Puis il regarda de part et d'autre avec égarement.

La grange, le champ, la voiture avaient disparu. Autour de lui c'était toujours la nuit, mais les contours vagues d'édifices en spirales s'élevaient vers une nappe diffuse de lumière violette dans le ciel sombre. Cette lumière qui couvrait comme un dôme la moitié du ciel émanait d'une spirale située à une hauteur immense.

Slade distingua d'un coup d'œil tous ces

détails. Il comprit en même temps ce qui lui était arrivé. Il se trouvait dans une rue de la ville de Naze.

*

D'abord, la rue lui parut déserte et le silence sans faille. Mais ses sens ne tardèrent pas à s'adapter à ce qui l'entourait. Il entendit alors un son vague, comme un murmure. Au loin, une ombre traversa la rue, puis se fondit dans l'obscurité.

Avec un léger choc, Slade réalisa que sa position au centre de la rue le rendait vulnérable. Avec précaution, il obliqua à droite en direction du trottoir. La surface de la chaussée était inégale et par deux fois il trébucha et faillit tomber. Comme il s'arrêtait sous un arbre où l'ombre était plus dense, un hurlement humain retentit cinquante mètres plus loin.

Glacé d'appréhension, Slade se plaqua au sol en brandissant son revolver. Et, sans bouger, il attendit.

Il lui fallut un moment pour rassembler ses esprits. Enfin il détermina d'où provenait maintenant un bruit de lutte : cris, gémissements, halètements sourds dans les ténèbres. Un étrange silence retomba soudain, comme si les assaillants s'arrêtaient pour reprendre des forces ou se mettaient à la recherche de leur victime enfuie.

Surmontant sa stupeur, Slade se demanda dans quel guêpier il s'était fourré. Puis il s'étonna : comment Leear s'y était-elle prise pour le transporter jusqu'ici? Il se souvenait d'un éclair de lumière aveuglant. La seconde d'après, il s'était retrouvé dans la ville de Naze...

Sans doute avait-elle utilisé le même procédé que pour se matérialiser elle-même sur le plan terrestre. Peut-être un instrument émetteur d'une lumière affectant les centres visuels. Un tel détail, joint à l'existence de l'astronef, témoignait d'une technique avancée, d'une profonde connaissance du système nerveux humain.

Mais les effets de cette lumière demeuraient-ils permanents ou au contraire cesseraient-ils d'agir, à plus ou moins longue échéance?

Ses pensées furent interrompues par des cris de rage :

« Donne-nous notre part de ce sang, espèce de sale...! »

Les mots étaient prononcés dans la langue de Naze; seul le dernier était inconnu de Slade. D'abord, il s'émerveilla de son aptitude à les comprendre. Puis leur signification le pénétra. Du sang. Une part de sang...

Un doute le gagna : ne faisait-il pas erreur? Mais le cri d'une seconde voix, encore plus furieuse, le détrompa :

« Il a un bidon deux fois plus grand que les nôtres, le voleur! Il a le double de sang! »

Une troisième voix — celle de l'accusé, manifestement — hurla en réponse :

« Ce n'est pas vrai! »

Mais il devait savoir que sa dénégation resterait sans effet : des pas précipités martelèrent la rue, éveillant des échos entre ses façades. Non loin de Slade, passa en courant un homme de haute taille, hors d'haleine. Puis, lancés à sa poursuite, surgirent quatre autres hommes plus petits, silhouettes rapidement absorbées par la nuit. Durant quelques instants, Slade les entendit encore courir, puis il y eut un hurlement auquel succéda de nouveau le silence.

Slade resta immobile. Il ne pouvait plus se leurrer sur ce qu'il avait vu et entendu. A quelques centaines de mètres, gisait sans doute un cadavre se vidant de son sang.

Naze, la nuit, était une cité peuplée de vampires.

*

Une minute passa, puis deux. Une pensée frappa Slade : « Qu'exige-t-on de moi? Pourquoi suis-je ici? »

Il se rappela les paroles de Leear avant qu'elle braquât la lumière sur lui : « L'important, Michael Slade, est que vous restiez en vie durant les vingt-quatre heures de votre séjour dans la ville de Naze. »

Vingt-quatre heures! Slade frissonna. Devrait-il passer ici tout un jour et toute une nuit, sans but ni refuge, sans autres instructions que celles de tâcher de rester en vie?

Si seulement les rues avaient été éclairées. Mais nulle part il ne voyait de lumière. Néanmoins la nuit n'était pas complètement noire. Il y avait dans l'air une luminosité curieuse, différente de la réverbération nocturne des villes terriennes. Le ciel avait une brillance pâle là où s'étendait la lumière violette issue de la tour centrale, et dans les spirales des édifices avoisinants des fenêtres en forme de fentes étaient éclairées.

Comme il ne pouvait rester indéfiniment au même endroit, cette pénombre offrait néanmoins des avantages : elle lui permettait d'y voir assez clair pour se déplacer, tout en étant suffisamment obscure pour assurer sa protection.

S'étant relevé, il s'apprêtait à quitter le couvert de l'arbre lorsque, de l'autre côté de la rue, une voix féminine le héla :

« Mr. Slade. »

Il se figea. Puis il se rendit compte qu'on l'avait appelé par son nom. Le soulagement l'envahit.

« Ici! s'écria-t-il d'une voix étouffée. Je suis ici! »

La femme traversa la rue à sa rencontre.

« Désolée d'être en retard, murmura-t-elle, le souffle court, mais les rues sont pleines de buveurs de sang. Suivez-moi. »

Il vit luire ses trois yeux dirigés vers lui. Puis elle se détourna et remonta la rue à vive allure. En s'engageant à sa suite, Slade s'aperçut avec étonnement que cette femme n'était pas Leear.

Tous deux, en hâte, s'enfoncèrent vers le centre de la ville.

*

Après avoir gravi un escalier obscur, ils s'arrêtèrent devant une porte dont la femme heurta le battant suivant un signal convenu : trois coups lents, deux rapides, une pause, puis un dernier coup.

Leur attente se prolongeant, la femme prit la parole :

« Merci d'avoir couru le risque de venir, Mr. Slade. Nous ferons de notre mieux pour vous familiariser avec Naze. Souhaitons que cette fois l'astronef ait la possiblité de détruire la ville.

— Ah? » fit Slade.

Puis il se rappela qu'il était imprudent de manifester de la surprise, et il termina en bredouillant un grognement d'approbation.

Le déclic d'une serrure retentit. La porte s'ouvrit en grinçant et de la lumière jaillit par son embrasure. Cet éclairage révéla une femme aux formes massives qui, après avoir fait demi-tour, regagnait son siège.

Slade entra et examina les lieux. Il se trouvait dans une salle de grande dimension, dont trois canapés et deux divans, quelques tables et des chaises composaient tout le mobilier. Il remarqua l'aspect élimé des tapis et des tissus de revêtement, jadis sans doute luxueux.

Il s'assit en face de la plus âgée des deux femmes, tout en dévisageant celle qui l'avait guidé. Debout, un peu en retrait, elle lui souriait. Elle avait un corps maigre et un teint olivâtre.

« Merci pour les risques que vous avez courus vous-même », dit Slade.

Elle secoua la tête.

« Vous devez avoir envie de dormir. Mais d'abord je vous présente Caldra, notre Cerveau Dirigeant. Caldra, voici Slade, de l'astronef. »

De l'astronef. Elle avait prononcé ces mots comme on énonce un fait établi. En parlant de lui, Michael Slade! Apparemment, Leear considérait beaucoup de choses comme admises a priori.

L'autre femme le fixait d'un curieux regard qui semblait se mouvoir au ralenti. Cette impression de lenteur était si nette que, pour la première fois, Slade l'observa attentivement. Elle avait des yeux couleur de plomb, un visage livide dont l'expression ne paraissait pas naturelle. Son regard posé sur lui était presque sans vie. Elle dit d'une voix morne, dépourvue d'inflexions :

« Enchanté de vous connaître, Mr. Slade. »

Slade, quant à lui, n'était guère enchanté, et il devait se contenir pour ne pas montrer sa répugnance. Une fois ou deux dans sa vie, il avait rencontré des gens lui causant un réel dégoût physique, mais jamais à ce point.

Insuffisance thyroïdienne, diagnostiqua-t-il. Puis il se souvint du terme employé par sa compagne pour lui présenter Caldra. Cerveau Dirigeant. Ce n'était pas impossible, après tout. La lenteur de la réflexion pouvait permettre à la pensée d'opérer en profondeur. Cette idée le réconforta un peu et lui permit de regarder Caldra avec moins d'aversion.

Mais la fatigue commençait à lui peser. Dans sa jeunesse, il avait été un noctambule impénitent. Depuis, il avait pris l'habitude de se coucher à dix heures du soir. Et il était maintenant — à en croire sa montre — près d'une heure du matin. Il se tourna vers la plus jeune des femmes :

« Vous m'avez demandé si je voulais dormir... »

Elle le conduisit vers une porte donnant sur un couloir. Caldra les suivait en marmonnant :

« Les choses prennent tournure. Ce sera bientôt l'heure décisive. »

Au moment où Slade passait le seuil de la porte, il crut l'entendre ajouter, avec l'ébauche d'un rire :

« Ne t'approche pas trop de lui, Amor. Moi aussi j'en ai envie. »

Perplexe, il pénétra dans la chambre à coucher dont la jeune femme lui ouvrait la porte. Et, avec une surprise accrue, il remarqua qu'elle avait les joues empourprées. Mais elle ne fit aucun commentaire, se contentant de dire :

« Vous serez en sécurité. Nous sommes

nombreux à croire à la destruction de Naze; c'est ici notre refuge. »

En dépit de sa lassitude, Slade resta quelque temps éveillé. Il n'avait pas encore pu réfléchir à ce qu'impliquait sa situation. Celle-ci lui paraissait maintenant prodigieuse et excitante à la fois.

Il se trouvait dans Naze. Derrière les murs qui l'abritaient, s'étendait cette ville fantastique située sur un autre plan d'existence. Demain, il la visiterait et en découvrirait toutes les étrangetés. Demain!...

Il s'endormit profondément.

IV

SOUS le brillant soleil du matin, Naze offrait un spectacle déprimant. Marchant à côté d'Amor, Slade examinait la large rue qu'ils suivaient. Quelle ville vieille et sordide, songea-t-il.

La nuit précédente, il avait bien remarqué que Naze était ancienne et tombée en décadence, mais sans saisir l'étendue du désastre qui avait frappé la cité. Les édifices étaient infiniment plus vieux qu'il ne l'avait imaginé. Cinq cents, mille ans peut-être, s'étaient accumulés sur eux depuis leur construction.

Au long de centaines de milliers de jours, Naze avait vu se lever et se coucher le soleil. Ses rues et ses trottoirs avaient subi le fardeau de la vie quotidienne. Après tant de siècles, même les plus perfectionnés des matériaux de construction portent fatalement la marque de leur âge — ce qui était le cas de ceux-ci.

Les trottoirs, presque uniformément, étaient défoncés et encombrés de moellons; seule, par endroits, une étroite surface intacte attestait leur aspect primitif. Le revêtement des rues était un peu mieux conservé, quoique lui aussi entamé et enfoncé par tous les poids qu'il avait supportés.

Nul véhicule n'était visible; partout, rien que la foule. Tous les engins motorisés devaient être depuis longtemps hors d'usage.

Que s'était-il passé? Que *pouvait-il* s'être passé? Bien sûr, il y avait cette guerre entre la ville et l'astronef, mais quelle en était la cause? Slade se tournait déjà vers la jeune femme pour l'interroger, mais il se retint à temps : Leear lui avait formellement recommandé de ne manifester aucune ignorance.

La cité qui l'entourait, cette réplique d'une antique civilisation, retint à nouveau son attention, lui faisant oublier sa perplexité. Jamais dans les rues d'une métropole il n'avait vu de foule aussi dense. Avec cette différence qu'ici les gens n'allaient nulle part. Hommes et femmes étaient pour la plupart assis par terre, sur la chaussée et les trottoirs, indifférents aux rares piétons qui les côtoyaient. Leur regard vague semblait fixer le vide. Cette passivité était épouvantable à voir.

Soudain un mendiant barra la route à Slade, une coupe de métal tendue vers lui.

« Quelques gouttes de votre sang, monsieur, geignit-il. Sinon je vous incise la gorge. »

D'un coup de fouet, Amor lui cingla le visage. Sur la joue de l'homme, apparut une zébrure d'où le sang se mit à perler.

« Tu n'as qu'à boire ton propre sang! » lança la jeune femme.

Elle était écarlate; ses traits reflétaient une haine intense, presque anormale.

« Ce sont des animaux sauvages, continua-t-elle d'une voix sourde. La nuit, ils s'embusquent en bande pour attaquer les passants... (Elle s'interrompit.) Mais bien entendu vous savez tout cela. »

Slade n'eut garde de la détromper.

Certes, il connaissait l'existence de ces bandes nocturnes, mais là se bornait sa science; la somme de ses ignorances eût pu en revanche remplir un livre.

La réalité qui continuait de le solliciter l'arracha à nouveau à ses problèmes personnels. Les rues où ils avançaient étaient littéralement jonchées d'êtres humains croupissant sur place. Des doigts se tendaient, agrippaient les vêtements de Slade; des voix avides s'élevaient :

« Vous êtes fort, monsieur, vous avez beaucoup de sang. Donnez-nous en un peu, ou sinon... »

De temps à autre, c'était un visage de femme qui se levait vers lui, avec un regard d'hostilité sournoise.

Slade gardait le silence. L'horreur qu'il éprouvait l'empêchait de parler. Pour la première fois de sa vie, il constatait que l'animal qui avait nom « homme » pouvait atteindre le dernier degré de la dépravation.

L'existence de cette ville devait cesser. La raison pour laquelle Leear l'avait attiré ici n'était que trop évidente. Elle voulait qu'il vît de ses yeux; elle pensait que le spectacle de la réalité suffirait à le convaincre, à chasser les doutes qu'il aurait pu nourrir (par exemple, en pensant que c'était la guerre entre l'astronef et la ville qui, après tout, était responsable de ces affreuses conditions de vie). Mais déterminer l'origine d'un fléau était secondaire.

Ce qu'il fallait, c'était détruire le fléau lui-même, en extirper la racine.

Et Slade était si épouvanté que tous ses doutes effectivement s'évanouissaient. Une seule pensée l'habitait : cet état de choses ne pouvait pas — ne devait pas — durer ainsi de jour en jour, d'année en année, de siècle en siècle.

Amor reprit :

« Il fut un temps où nous pensions que la suppression des coupes en métal chimiquement traité pourrait mettre un terme à cette folie sanguinaire. Mais... (Elle haussa les épaules.) Bien sûr vous êtes au courant. Sauf exception, leur vice n'en est devenu que plus exigeant. »

Slade n'avait rien à ajouter. Il était évident que l'ignorance qu'il devait dissimuler le gênerait terriblement pour comprendre cet enfer en détail.

Mais à quoi bon assimiler les détails? Ce qu'il voyait suffisait. L'essentiel était de mettre fin à cette ignominie, de la détruire. D'aider autant que possible cet astronef, ces conspirateurs. D'anéantir Naze!

Se contraignant au calme, il réfléchit aux paroles d'Amor. Un métal chimiquement traité? Ce n'était donc pas le sang lui-même qui était nocif. C'était une substance incorporée dans les coupes qui le transformait en drogue.

La suppression des coupes aiguillait apparemment le besoin de sang vers des symptômes pires — dont il ignorait la nature quoique étant censé la savoir...

Slade sourit avec lassitude.

« Rentrons, dit-il. J'en ai assez vu pour aujourd'hui. »

*

Le début du repas se déroula en silence. Tout en mangeant, Slade pensait à la ville, à l'astronef, aux troglodytes, aux rapports reliant entre eux ces divers éléments ainsi qu'à son rôle à lui dans cette affaire. En un sens, il connaissait maintenant les grandes lignes de la situation. Il avait vu l'astronef, il voyait la ville. Mais qu'attendait-on de lui au juste?

Soudain il s'aperçut que Caldra, avec sa lenteur coutumière, se préparait à parler.

D'abord elle reposa sa fourchette, geste qui à lui seul prit plusieurs secondes. Puis elle leva la tête. Slade eut l'impression qu'elle avait la plus grande peine à accommoder sur lui son regard.

L'étape suivante se prolongea davantage encore. Elle entrouvrit les lèvres, resta la bouche béante, comme plongée dans un abîme de réflexion, puis enfin se décida à articuler. Le discours qu'elle tint parut à Slade interminable :

« Cette nuit, nous attaquons le palais central de Geean. Nos forces vous déposeront comme convenu au quarantième niveau. Le dispositif réclamé par Leear se trouve déjà monté là-bas; il vous permettra de sortir par la fenêtre, pour régler votre désassembleur sur les commandes du barrage. En sortant ce matin, vous avez sans doute vu qu'elles sont situées au dix-neuvième niveau.

« Nous tenons pour assuré, évidemment, que l'astronef interviendra dès la destruction du barrage. »

Bien avant la fin de cette tirade, Slade en avait mesuré la portée. Lorsque Caldra se tut, il resta immobile, les yeux mi-clos, saisi de panique. Ce soir... Mais c'était ridicule! Il n'allait tout de même pas se lancer dans ce combat les yeux fermés.

Il éprouvait à l'égard de Leear un profond ressentiment. D'abord, en quoi consistait un désassembleur? Ce n'était pas au cœur de la bataille qu'il pourrait apprendre à se servir d'un tel instrument, sûrement fort complexe. La consternation le submergea.

Il vit que les deux femmes le considéraient, guettant sa réaction. Il allait parler mais se ravisa, frappé d'une pensée subite : il en avait appris, en fait, plus qu'il ne le croyait. Il s'agissait de notions sous-entendues, mais il ne pouvait s'y tromper.

La nappe lumineuse qu'il avait vue la nuit dernière, irradiant du haut de la tour centrale (et, il s'en souvenait, visible encore au matin comme une faible brume)... c'était cela le barrage! Un barrage de quelle espèce? En tout cas, suffisamment puissant pour maintenir l'astronef à l'écart. Sans doute une barrière énergétique à la force inconnue sur la Terre.

Il en conclut que la ville était en état de siège et — à en juger par sa décrépitude — que ce siège durait depuis des siècles.

Slade arrêta le cours de ses pensées. « C'est ridicule, se dit-il. Comment vivraient-ils? De quoi tireraient-ils leur subsistance? On ne peut se nourrir éternellement du sang d'autrui. »

Il regarda son assiette presque vide. Les restes de ses aliments ressemblaient à des légumes, mais la sauce qui les accompagnait en masquait les détails. Relevant la tête, il voulut s'enquérir de la nourriture qu'il avait absorbée, puis se dit que le moment n'était pas opportun.

S'il voulait éviter de se trouver en fâcheuse posture, il lui fallait trouver quelque chose à dire — et rapidement. Mais Amor lui épargna cette peine :

« Une attaque par surprise, s'écria-t-elle avec un sourire sauvage, et tout sera réglé! »

L'espace d'un instant, les émotions inscrites sur ses traits frappèrent Slade. A sa manière, c'était aussi un monstre que cette fille qui cinglait à coups de fouet les vampires de Naze. La vieille histoire de l'adaptation au milieu. Le cerveau, conditionné par l'extérieur ambiant, conditionnait à son tour le corps et les expressions du visage, tout en influençant également les sens.

Une idée incongrue s'empara de lui : s'il demeurait sur ce plan de vie, c'était une fille de ce genre que sans doute il épouserait. Il dévisagea Amor, s'abandonnant à cette pensée. Puis, réalisant que son esprit tentait une fois de plus d'éluder la pressante réalité, il prit enfin la parole :

« J'ai le regret de vous dire, improvisa-t-il, que l'astronef ne viendra pas cette nuit. »

Amor se leva d'un bond, les yeux écarquillés.

« Mais tous nos plans! » dit-elle d'une voix entrecoupée.

Accablée, elle se rassit. A son côté, Caldra, émergeant de son hébétude, réagissait à retardement :

« Pas d'astronef!

— L'astronef devait entrer en contact avec moi ce matin, dit Slade. (Il avait l'impression d'être en sueur, impression non physique mais mentale.) Or, pour une raison que j'ignore, ce contact n'a pas été établi. »

Pour un mensonge *ex abrupto*, ce n'était pas trop mal réussi. Bien que son problème essentiel ne fût pas résolu, il se sentit détendu.

Amor se dirigeait vers la porte.

« Je vais annuler l'attaque », déclara-t-elle, en s'arrêtant sur le seuil.

La porte claqua derrière elle, puis le silence retomba.

Amor n'ayant pas reparu, Caldra et Slade dînèrent seuls, au crépuscule.

Il était tard quand Amor rentra. Elle s'affala sur un siège et, l'air absent, se mit à manger ce que lui servait Caldra. Slade la surprit, à plusieurs reprises, en train de le considérer les yeux mi-clos, comme pour l'évaluer. Quelque chose filtrait dans son regard, sans qu'il pût définir quoi.

Ayant résolu de ne pas s'en inquiéter, il se

leva et se dirigea vers la grande fenêtre du salon. Amor le rejoignit peu après et resta à son côté sans rien dire, comme pour respecter son silence. Slade contempla le panorama de Naze.

La nuit montante enveloppait la ville, qui semblait couler insensiblement dans les ténèbres. Seules brillaient des lumières isolées, ainsi que la nappe à peine distincte du barrage. Slade réfléchit à l'énormité de l'aventure. Naître dans une campagne tranquille des États-Unis, passer son enfance dans une ferme, tenter sa chance dans une ville de province pour y réussir finalement comme agent de change... et brusquement se retrouver catapulté ici! Dans cette ville ténébreuse et condamnée, sur une planète dont la civilisation traversait une phase critique.

Et pourtant ce n'était pas une planète étrangère. Ce n'était qu'un autre plan révélé à son cerveau et accesible à son être physique, grâce au simple fait qu'il possédait trois yeux.

L'excitation qu'il ressentait était liée en partie à la présence de sa compagne. Une native de ce monde, une jeune femme à qui n'avait peut-être jamais parlé aucun homme. Pense-t-on à l'amour au sein d'une telle abjection?

Cela faisait longtemps qu'il n'avait sérieusement pensé aux femmes. Il n'en était que plus vulnérable. Durant l'après-midi, il avait songé à Amor comme si déjà elle lui appartenait; l'éventualité d'un mariage dans ce monde, s'il y demeurait, s'était imposée à lui avec plus d'évidence encore qu'auparavant.

Peut-être, parmi les congénères d'Amor, existait-il d'autres femmes plus séduisantes qu'elle, mais elles ne se trouvaient pas à sa portée.

« Amor », prononça-t-il.

Elle ne répondit pas. Il poursuivit :

« Amor, que deviendrez-vous, une fois la ville détruite? »

Elle eut un geste.

« Je vivrai dans une caverne, bien sûr. Comme nous tous. Nous n'aurons pas le choix. »

Slade hésita. Les paroles de la jeune femme refrénaient l'élan qui le poussait vers elle. Pourquoi *pas le choix?* Qu'Amor et le groupe auquel elle appartenait pussent accepter la perspective d'une existence primitive, c'était là un fait qui ne l'avait pas encore frappé.

Il se rappela ses intentions à son égard et reprit :

« Amor.

— Slade. »

Elle parlait comme si elle ne l'avait pas vraiment entendu, et son intonation n'était pas même celle d'une réponse.

« Qu'avez-vous? demanda-t-il.

— Vous allez me juger horriblement mal, mais il faut que je vous l'avoue : moi aussi j'ai été une buveuse de sang. »

Sur le moment, ces mots ne suscitèrent pas d'image dans l'esprit de Slade. La confession d'Amor semblait futile. Pourtant un malaise le gagnait.

« Et Caldra également, ajouta-t-elle. Et tous autant que nous sommes. Je n'exagère pas. Il est difficile d'y échapper, vous savez — il n'y a rien qui vaille cette sensation. »

Maintenant, les images venaient; des tableaux commençaient à se former dans l'imagination de Slade. Il humecta ses lèvres sèches. Une répulsion le saisissant, mais il ne comprenait pas à quoi elle voulait en venir.

« Je n'ai pas eu trop de mal à me désintoxiquer, continuait la jeune femme, ni à rester sobre... jusqu'à la nuit dernière. (Sa voix se fit presque imperceptible.) Vous avez un sang riche, Slade. J'y ai pensé toute la journée. J'en ai envie. »

Il sut alors vers quoi elle cherchait à le mener. Il la revit le matin fustigeant les misérables qui le sollicitaient. En un sens, avec une sorte de masochisme, c'était contre ses propres désirs qu'elle avait dirigé ses coups.

« Vous ne pouvez pas savoir, disait encore Amor, quel choc nous avons subi, Caldra et moi, en apprenant que l'attaque était reculée. Cela entraînait la prolongation de votre présence — de notre supplice. C'est injuste, Slade, terriblement injuste. Leear ne sait que trop bien notre situation. »

Le dégoût de Slade s'intensifiait. Un moment de plus, lui sembla-t-il, et il allait vomir. D'une voix sourde il dit :

« Alors, c'est mon sang que vous voulez.

— Un peu seulement. »

Sa voix avait une intonation plaintive qui rappelait celle des mendiants dans les rues. Luttant contre la nausée, Slade songea à cette dérision : cette fille, ce vampire, à qui il s'apprêtait à faire une déclaration d'amour! La voix rauque, il lança :

« Et c'est vous ce matin qui chassiez les autres à coups de fouet! »

Dans le silence de la pièce obscurcie, il entendit le souffle oppressé d'Amor. Un long moment s'écoula. Puis elle le quitta brusquement et s'éloigna, silhouette mince disparaissant dans l'ombre du corridor.

Et ce fut le début de la nuit qui devait paraître à Slade interminable.

V

Au bout de plusieurs heures, Slade ne pouvait toujours pas dormir. La pensée d'avoir été déloyal envers un être qui lui était cher l'obsédait.

Elle l'avait sauvé de la mort, lui avait permis de recouvrer ses forces. Il aurait pu en échange lui faire don d'un peu de son sang. Après tout, elle était de ceux qui luttaient précisément pour purger Naze de ce fléau.

Les dieux eux-mêmes eussent éprouvé de la pitié. Mais lui, Michael Slade, l'homme sans tache, il lui avait jeté la pierre et l'avait acculée au désespoir.

En fait, la véritable explication était pire. Il n'avait pas obéi à des principes moraux; il avait cédé à la frustration de voir son désir d'elle contrecarré. En outre, peut-être son sang dégageait-il *réellement* de plus riches effluves, perceptibles aux sens aiguisés de ces êtres.

Le lendemain matin il donnerait à Amor — et à Caldra — un peu de sang : une demi-tasse à chacune. Puis il quitterait cette cité (il le fallait, il trouverait bien le moyen) et il retournerait sur Terre, si toutefois la chose était possible. Il était déjà minuit passé : ce qui prouvait que l'expiration des vingt-quatre heures fixées par Leear ne l'arrachait pas automatiquement à ce plan.

Dans ce cas, pourquoi Leear avait-elle précisé une telle durée? Slade s'assoupit tout en poursuivant cette pensée. Puis il reprit conscience brusquement : quelqu'un venait de pénétrer dans la pièce, il le sentait.

Figé, les muscles tendus, il tenta de percer l'obscurité du regard. La peur qu'il éprouvait ressemblait à la frayeur ancestrale de l'homme plongé dans les ténèbres d'une contrée hostile. Écarquillant les yeux, il put enfin percevoir le mouvement d'une silhouette se détachant contre un mur.

Cette silhouette était celle d'une femme.

Amor... En l'identifiant, il céda à un mouvement de pitié.

La malheureuse! A quelle terrible et exigeante soif elle était soumise!

De façon vague, presque inconsciente, il avait formé le projet de goûter un peu de son propre sang dans une de ces coupes. Mais la venue désespérée d'Amor coupait court à cette intention. Il était un être humain normal : il ne pouvait devenir l'esclave de cette drogue.

Il voulut se redresser mais n'y parvint pas, malgré ses efforts. Des courroies l'attachaient à son lit.

Il en conçut d'abord de l'irritation. Il était tout prêt à la plaindre, mais de tels procédés étaient passablement déplaisants.

Il ouvrait la bouche pour proférer une remarque cinglante, mais finalement s'en abstint. La pauvre fille était dans une piètre situation. Ne pouvait-il la laisser consommer ce sang qu'elle désirait tant? Il ne lui dirait rien et, le lendemain, feindrait de n'être pas au courant. Cette décision lui causa sur le moment du contentement.

Dans l'obscurité de la chambre, la forme continuait à se mouvoir lentement. Amor ne semblait pas pressée. Slade s'impatienta, son ardeur à la satisfaire diminuant. Il était sur le point de changer d'avis lorsqu'un mince rayon de lumière fut braqué sur son bras gauche. Dans cette lumière apparut une main tenant une seringue, dont l'aiguille fut adroitement insérée dans la plus grosse veine visible. Slade observa, intéressé, le sang noir qui montait dans le corps de l'instrument.

Les secondes passèrent; l'aiguille avide continuait de pomper son sang. Slade songea à l'étrangeté du tableau : un Terrien sur un monde étrange, saigné par une séduisante femme-vampire au cœur de la nuit...

Puis cette pensée s'évanouit. Le temps qui s'écoulait était vraiment trop long. Il dit doucement :

« Vous ne pensez pas que vous en avez pris assez? »

Après qu'il eut rompu le silence, la main demeura un instant immobile. Puis un petit sursaut de surprise la secoua, ébranlant la seringue. Ce fut ce décalage entre ses paroles et la réaction de la femme qui éveilla les soupçons de Slade.

Pour la première fois, il regarda attentivement la main. On la voyait mal dans l'étroit pinceau de lumière, mais elle n'en était pas moins reconnaissable.

Slade poussa un soupir. Il vérifiait une nouvelle fois la faculté que possédait l'esprit de se forger des illusions. Lui qui avait tant expérimenté cette réalité, et dont la présence ici témoignait assez de la prééminence de l'esprit sur la matière, il continuait de croire à des leurres.

Son cerveau avait décrété sur-le-champ que la femme était Amor. En voyant la main quelques minutes plus tôt, il n'avait rien remarqué d'anormal. Mais maintenant ses yeux se dessillaient.

C'était une main de femme, certes, mais à la peau légèrement parcheminée. Une main qui n'était pas du tout jeune d'aspect. Il ne comprenait pas comment il avait pu se tromper, même sous cet éclairage restreint.

La femme à côté de lui, c'était Caldra la mystérieuse, Caldra le Cerveau Dirigeant, Caldra dont en ce moment, pour une fois, le cœur devait battre plus vite. Slade se rendait compte qu'il participait à un drame personnel. A cause de lui, une femme que son envie de sang jadis avait failli détruire cédait de nouveau à son penchant.

L'aiguille fut retirée de son bras et la lumière s'éteignit. Un instant s'écoula, puis il perçut le bruit du sang éjecté de la seringue et coulant, liquide visqueux, dans une coupe. Le silence retomba. Slade imaginait la main levant lentement la coupe jusqu'aux lèvres frémissantes. Cette image mentale était réglée comme au chronomètre : au moment précis où dans sa pensée le geste s'achevait, un bruit de déglutition se fit entendre.

Ce son écœura Slade sans annihiler sa pitié. Toutefois cette émotion s'évanouit quand il sentit que des doigts palpaient son lit. Avec agacement il songea : *Encore?*

Mais c'était pour libérer sa poitrine et ses bras des courroies qui les emprisonnaient. Des pas traînants s'éloignèrent en direction de la porte, et celle-ci se referma doucement.

Dans le silence revenu, Slade ne tarda pas à s'endormir.

Il fut éveillé par le poids d'une patte énorme sur son visage. Une bête de la grosseur d'un ours, mais à la tête curieusement semblable à celle d'un chat, était juchée sur lui et l'immobilisait. Son corps couvert de fourrure était éclairé par des lampes que portaient des hommes en uniforme.

Plusieurs hommes maintenaient les membres de Slade, et par la porte ouverte, il en distingua d'autres encore se pressant dans le corridor — vision qui acheva de l'accabler.

La patte de l'animal se retira. Slade fut saisi et entraîné de force. Au bout du corridor, le salon était éclairé. Il entrevit Caldra à plat ventre par terre, le manche d'un couteau émergeant d'entre ses omoplates.

Une horrible sensation d'angoisse étreignit Slade. Amor! Qu'était-elle devenue?

Ce fut cette pensée qui dut causer le choc libérateur. Sous ses pieds, le plancher se dématérialisa. Il tomba d'une hauteur de quatre mètres et la brutalité de la chute le laissa inconscient.

Au bout d'une minute il se redressa lentement, s'égratignant les mains contre le chaume gelé d'un champ de blé. A trois kilomètres à l'ouest, se reflétaient contre le ciel nocturne les lumières de la ville de Smailes.

Slade sut qu'il venait d'échapper au monde de Naze.

Près de la grange, se trouvait toujours sa voiture, tous feux éteints. Il attendit quelques instants avant d'y monter, mais Leear ne se manifesta pas. Malgré sa fatigue, il conduisit le restant de la nuit et une partie de la matinée sur le trajet du retour. Il était onze heures du matin quand il débarqua chez lui.

Une missive l'attendait dans sa boîte aux lettres. Il reconnut sur l'enveloppe l'écriture masculine de Leear. Fronçant les sourcils, il l'ouvrit. Et il lut ces lignes :

Cher Michael Slade,

Maintenant vous savez. Vous avez vu Naze. Vous vous êtes sans doute demandé pourquoi rien ne s'est produit exactement au bout de vingt-quatre heures. En fait, c'était là le délai minimum au-delà duquel pouvait intervenir votre retour, et encore fallait-il pour cela que vous subissiez un choc suffisamment fort.

Ce choc, bien sûr, vous fut fourni par l'intrusion de l'une des femmes venue à votre chevet vous dérober votre sang. Il est regrettable que vous ayez dû être soumis à une telle situation, mais il n'y avait pas le choix.

Il est dommage également que j'aie dû laisser croire au groupe des conspirateurs qu'une attaque aurait lieu. Ils n'ont pas la moindre idée du genre d'hommes qu'ils combattent. Contre Geean l'immortel, tous leurs plans échoueront automatiquement. Un seul fait prouvera leur inaptitude à comprendre la nature et la puissance de l'ennemi : ils ont admis sans discussion la présence d'un soi-disant désassembleur destiné à détruire le barrage, sur une protubérance au 19e étage de la tour de Geean.

Or, il s'agit d'un instrument imaginaire, et cette protubérance sur la tour est tout bonnement un radiateur. Geean ne sera jamais vaincu que par une attaque en plein cœur de sa citadelle. Une telle attaque ne peut réussir sans votre concours. Mais cette fois vous devrez venir par vos propres moyens, puisque le dispositif que j'ai utilisé près de la grange n'a qu'un effet temporaire.

N'attendez pas trop longtemps.

LEEAR

Dans le courant de la journée, il relut plusieurs fois la lettre, sans quitter les abords de sa maison. Puis, la nuit venue, un chapeau enfoncé sur son troisième œil et le col de son manteau relevé, il se mit à parcourir les rues glacées. Son excitation tombait peu à peu et il en venait à considérer d'un point de vue sardonique ce qui s'était passé.

« Je n'ai pas l'étoffe d'un héros, décida-t-il. Et je n'ai nulle envie d'aller me faire tuer dans cette guerre absurde. »

Il lui fallait se faire à l'idée de rester sur ce plan de vie.

Cette décision lui permit les jours suivants de juger avec détachement la lettre de Leear. Au bout de trois semaines, il ne lui en voulait plus de l'avoir précipité dans ce piège et d'avoir sans pitié causé la mort de Caldra et d'Amor. Relisant alors la lettre, il la trouva moins irritante. Il devait reconnaître qu'elle n'avait pas le ton impératif qu'il attendait en quelque sorte de la part de Leear. Celle-ci se contentait de solliciter son aide en reconnaissant franchement qu'elle en avait besoin. Slade se sentait désarmé par un tel aveu.

Il n'était pas mécontent non plus qu'elle l'eût sous-estimé. Elle s'était trompée sur la nature du choc qui l'avait expulsé de Naze. L'irruption de Caldra, assoiffée de sang, ne lui avait causé qu'un énervement superficiel. Il avait fallu la vision de son cadavre et l'image mentale d'Amor pareillement assassinée pour affecter son cerveau.

Maintenant, après ces trois semaines, il se sentait immunisé contre tout choc de ce genre. Caldra et Amor lui semblaient quelque peu irréelles, comme des personnages issus d'un rêve. Il se rendit compte des progrès de son état mental en voyant qu'il pouvait se moquer rétrospectivement de ses idées de mariage avec Amor.

Non qu'il méprisât ses émotions d'alors. De tels sentiments ressortissaient au fond de la nature humaine; d'ailleurs, il serait peut-être judicieux d'envisager de se remarier dans ce monde. S'il pouvait convaincre Miriam de reprendre la vie commune, ce serait un acte décisif à la suite duquel il céderait difficilement à la tentation de retourner là-bas.

Il devait renouer avec ses anciens amis, mener à nouveau une existence normale. Mais c'était plus facile à décider qu'à accomplir. Un soir où il méditait encore sur la meilleure façon d'approcher Miriam, il rencontra deux hommes avec qui il était jadis en relation d'affaires. Ils le croisèrent en hâte avec un signe de tête et ne s'arrêtèrent que lorsqu'il se détourna pour les héler. La conversation qui suivit fut une épreuve pénible, mais Slade s'obstina. Il entretenait l'idée fixe que, pour vivre sur Terre, il devait avoir femme et amis. C'était la base d'une existence normale, et il préférait ne pas même tenter de déroger à cette règle.

L'entretien fut aussi désagréable pour les deux hommes que pour Slade. Ils passaient de la gêne à la bonne humeur, du silence à la volubilité, sans jamais parvenir à être naturels. Finalement ils le quittèrent avec un empressement subit : « Ravis de vous avoir vu, Mike, mais nous avons rendez-vous et nous sommes en retard. A un de ces jours. »

Slade rentra chez lui un sourire sardonique aux lèvres, et un frisson vague le long de l'échine. Il venait d'apprendre, entre autres, que Miriam avait depuis plusieurs mois un nouvel homme dans sa vie. Il y avait là quelque chose d'irrémédiable. Comme si la dernière issue de secours qui pouvait s'offrir à lui s'était inexorablement close.

Mais il ne renonça pas si facilement. Il téléphona à Miriam le lendemain, puis le surlendemain, et enfin tous les jours de la semaine suivante. Chaque fois la femme de chambre répondait : « Qui est à l'appareil? » et quand il s'était nommé : « Mrs. Crenshaw ne désire pas vous parler. »

Slade lui écrivit une lettre où il disait : « Après tout, je peux me faire faire une greffe de la peau pour recouvrir cet œil. » Il fit suivre la lettre d'une visite personnelle. On lui répondit que Miriam était « sortie ».

La situation était désespérée, d'autant plus qu'un détective vint le voir le lendemain, pour le prier de cesser la « persécution » qu'il faisait subir à son ex-femme. Le policier fut impressionné par la beauté de la résidence de Slade, mais il n'écoutait que son devoir : « Nous avons reçu une plainte, vous comprenez? Nous devrons vous poursuivre si vous insistez. »

Effectivement, Slade avait compris. Son petit rêve s'écroulait.

....

DÉPOSITION DE WILFRED STANTON
DEVANT LE TRIBUNAL

Je suis entré au service de Michael Slade il y a cinq ans comme domestique. Sauf pour un bref congé, je n'ai pas quitté son domicile au cours de toute l'année dernière.

Durant cette période, mon patron s'est absenté à plusieurs reprises. Au retour de chacune de ces absences, il semblait bouleversé, mais il ne me fit aucune confidence. Avant son départ définitif, j'ai noté chez lui une attitude résolue, comme s'il venait enfin, après beaucoup d'hésitation, de prendre une décision difficile. Il avait acheté un second automatique, pareil à celui qu'il possédait déjà, ainsi que des munitions en grande quantité pour les deux revolvers. Il fit de nombreux autres achats, mais je ne vis pas ce que renfermaient les paquets qui lui furent livrés. Il passait une grande partie de son temps à lire. Je me souviens de certains des ouvrages auxquels il s'intéressait : l'un traitait de métallurgie, un autre de physique, un troisième concernait les nouveaux prototypes d'astronefs.

Le reste du temps, il s'asseyait dans le jardin pour faire ses exercices de lecture à distance, en revêtant des vêtements de chasse en tissu imperméable à la fois solide et léger, qu'il s'était fait confectionner. Il gardait sur lui ses deux automatiques, un couteau de chasse et un sac de munitions. Ses poches semblaient en outre remplies, mais j'ignorais leur contenu.

Mr. Slade avait remarqué que l'étrangeté de cet attirail me frappait et ma perplexité semblait l'amuser. Un jour, il me recommanda de ne pas m'inquiéter s'il s'en allait sans avertissement.

Ce fut précisément le lendemain que je constatai sa disparition, en venant le chercher pour le déjeuner. Son fauteuil et ses planches de lecture étaient restés à l'endroit où il se trouvait, et — chose étonnante — il n'y avait sur la neige recouvrant le jardin aucune trace de pas en direction de la sortie.

Je ne fus, je dois le dire, qu'à demi surpris lorsqu'on a retrouvé le corps de Mr. Slade la semaine dernière, à deux cent cinquante kilomètres d'ici. Il était évident qu'il s'attendait à ce qu'il arrive quelque chose. Et ce fut bien le cas.

VI

CETTE fois, le changement s'opéra un peu à la manière dont on règle l'obturateur d'un appareil photo. Il sentit ses yeux effectuer une mise au point, puis la maison disparut, puis...

La pluie tombait — une pluie lourde et tiède. Les gouttes s'abattaient sur le marécage proche des cavernes, trouant sa surface comme une multitude de petits poignards. Derrière ce rideau de pluie, le paysage se dessinait de façon indistincte, et n'en paraissait que plus sauvage. La luxuriance même de sa végétation lui donnait une allure primitive, mais cette végétation avait en même temps quelque chose de somptueusement ornemental.

Slade commençait à s'interroger sur l'existence contiguë, sous un même ciel, de la pluie et de la neige dans l'un et l'autre plan. Mais une goutte tombée à l'intérieur de son col et coulant le long de son dos l'arracha à cette pensée. Machinalement, il alla s'abriter sous les branches d'un arbre avoisinant et, de là, il examina la corniche à flanc de colline.

Son excitation diminua. Il ne voyait nul signe de vie. Tous les feux étaient éteints, aucun être humain ne se montrait. Mais c'était sans doute à cause de la pluie : ils devaient s'être réfugiés dans les cavernes.

Slade ne comptait pas escalader la colline avant d'avoir été découvert, car poignards et javelots pouvaient fort bien l'accueillir s'il venait surprendre les troglodytes. En attendant, il lui fallait s'édifier un abri, les branchages ne le protégeant qu'imparfaitement de la pluie.

Il construisit une hutte à l'aide de branches mortes qu'il recouvrit de larges feuilles. Puis, à l'intérieur, il débarrassa le sol de la couche de feuilles mortes détrempées qui le tapissait, et il fut agréablement surpris de le trouver presque sec.

Il dormit d'un sommeil entrecoupé durant

l'après-midi et la soirée. Une insomnie le tint ensuite éveillé une bonne partie de la nuit. Sa dernière pensée avant de s'endormir fut : « Il faudra que je me réveille avant eux. »

Mais, quand il ouvrit les paupières, le soleil brillait dans le ciel bleu et un groupe d'hommes à trois yeux, agenouillés à l'entrée de la hutte, l'observaient. D'autres se trouvaient derrière eux ainsi que, à l'arrière-plan, les femmes et les enfants.

Très lentement, Slade se redressa, puis, renversant la hutte avec ses épaules, se mit debout. Affolé, il se dit que la tension imposée à son cerveau et à ses muscles suffisait à lui faire réintégrer le monde d'où il venait.

Mais rien ne se produisit. Lcs troglodytes, le marais, la colline aux cavernes subsistèrent dans son champ de vision, avec la solidité du concret. Il était ancré dans ce plan comme s'il y était né.

Aussitôt cette pensée formulée, il remarqua qu'aucun des hommes lui faisant face ne portait d'arme. Le soulagement auquel il céda fut presque aussi intense que le choc premier.

Sans lui laisser le temps de parler, un des hommes déclara :

« Attention. Vous n'êtes pas encore tout à fait stable. »

S'avançant vers Slade, il appliqua l'une de ses paumes contre l'œil frontal. Le mouvement fut si subit que Slade ne put résister. Réagissant à retardement, il fit un pas en arrière, puis la signification de ce qui se produisait lui sauta à l'esprit et il s'arrêta, saisi.

Ces gens savaient qu'il n'était pas de leur plan. *Et ils connaissaient la raison de sa présence.*

Une seconde pensée lui vint presque simultanément :

Ce n'étaient pas des êtres primitifs.

Il ne pouvait de prime abord concevoir tout ce qu'impliquait cette idée. L'homme qui lui avait touché le front ne lui en laissa d'ailleurs pas le temps. Se reculant, il déclara avec un sourire :

« Vous voici tout à fait bien, je pense. »

La première fois, Slade n'avait pas prêté attention à sa voix. Maintenant, celle-ci le frappait. Elle était calme et musicale, dépourvue de toute rudesse, et les mots étaient modulés avec la fluidité harmonieuse d'une mélodie.

Il regarda les hommes et les femmes qui l'entouraient. Tous lui souriaient amicalement; alertes et sains, c'étaient de beaux spécimens physiques autant que mentaux. Slade évoqua les buveurs de sang dégénérés de Naze; avec un sentiment de certitude, il sut que le combat de l'astronef contre la ville était juste, quelle qu'en fût l'origine matérielle.

Mais il lui fallait prendre la parole, sinon son silence paraîtrait bizarre.

« Merci, fit-il. Je suis un ami. Je m'appelle Michael Slade. »

L'homme qui s'était adressé à lui — un individu de haute taille, au regard perçant — hocha la tête.

« Et moi, Danbar », répondit-il.

Ils se serrèrent la main, geste accompli si simplement, si naturellement, que Slade ne sut jamais, même par la suite, si la poignée de main faisait partie des coutumes de ce peuple ou si Danbar avait spontanément adopté les habitudes d'un étranger.

Au moment où leurs mains se séparaient, Slade vit pour la première fois que l'homme était nettement plus grand que lui et donnait une étonnante impression de force. Il avait un beau visage maigre. Exception faite de son troisième œil, il eût fait bonne figure parmi n'importe quel groupe d'humains normaux. Il paraissait âgé d'une trentaine d'années.

En souriant, il prit Slade par le bras et le conduisit vers un autre homme, encore plus imposant d'allure, qui avait observé la scène.

« Voici Malenkens », dit-il en le désignant.

Son ton indiquait qu'il s'agissait d'un important personnage. Sans doute, pensa Slade, l'un des chefs de la tribu. La poignée de main de Malenkens fut chaleureuse, mais son sourire était plus austère, un peu plus distant.

« Vous rencontrerez les autres plus tard, poursuivit Danbar. Pour le moment, allons déjeuner. »

Ainsi se termina cette prise de contact, d'une facilité inattendue.

*

Le chemin sinueux qui menait aux cavernes était équipé de marches de ciment et bordé de jeunes arbres à la fonction décorative. Une allée également cimentée s'étendait sur toute la longueur de la corniche, et d'autres allées adjacentes, plus étroites, desservaient les cavernes. Entre les allées, s'étalaient des pelouses au gazon impeccablement entretenu.

Slade s'arrêta au niveau de la première caverne et scruta l'intérieur. Celui-ci était aussi peu « préhistorique » que possible. Le sol était de ciment, garni de tapis. Les murs et le plafond étaient passés à la chaux. Les tables, les chaises et les couchettes étaient en bois blanc soigneusement poncé. Malgré le confort rudimentaire, l'ensemble donnait une surprenante impression de modernisme.

Danbar, touchant le bras de Slade, l'invita à suivre Malenkens, qui continuait son chemin le long de la corniche. Slade reprit sa marche tout en regardant autour de lui à la dérobée, à la recherche de Leear. Il ne s'étonna pas de son absence, mais ne jugea pas celle-ci définitive. Puisqu'elle s'était une fois trouvée là, elle y reviendrait sans doute. Elle devait avoir prévu que ce serait le point par où il pénétrerait dans le monde des hommes à trois yeux.

Faisant halte, Malenkens prit pour la première fois la parole.

« Ici », dit-il.

L'intérieur de la caverne était la réplique de celui que Slade avait déjà examiné. Les trois hommes entrèrent et s'assirent.

« Slade, reprit-il, nous avons, depuis votre réveil, étudié votre situation. A mon avis, il vous faudra six ans environ pour adapter votre rythme de vie à notre groupe, compte tenu de la pratique que vous devrez acquérir, ainsi que de la période de plusieurs mois qu'il vous faudra pour aider Leear à détruire Geean et le barrage de Naze. Bien sûr, nous partons du principe que vous ne serez ni tué ni blessé gravement. »

Il se tut puis ajouta :

« Je ne cherche pas à vous inquiéter. Je vous expose simplement les faits. Danbar va maintenant me remplacer. »

Mais Danbar ne bougea pas. Il considérait Slade attentivement.

« Vous devez vous demander, fit-il, ce que Malenkens veut dire. Regardez. »

Et, à cet instant, il disparut.

Tout d'abord, Slade resta assis. Il n'avait pas de pensée nette; il se souvenait simplement qu'il n'avait pas vu Leear, lorsqu'elle l'avait survolé, près de la grange. Elle aussi avait dû se rendre invisible.

Au bout d'une minute, il pensa qu'on attendait peut-être une réaction de sa part. Il se leva, vint se pencher au-dessus du siège vide, et avec précaution balaya l'air de la main à l'endroit où s'était trouvé Danbar. Il ne rencontra aucune résistance. Il se tourna vers Malenkens, mais celui-ci regardait ailleurs.

Slade alla se rasseoir, profondément troublé. Danbar avait certes pu, s'étant rendu invisible, se lever et quitter la caverne, ou encore rester debout dans un coin pour l'observer. Mais Slade était gagné par la conviction vague qu'il n'avait en fait pas bougé du siège...

« Et moi qui pensais, se dit-il, que c'étaient des primitifs! »

Ces êtres avaient percé les secrets les plus profonds du système nerveux humain. Ils surpassaient à un tel degré leurs cousins à deux yeux que toute comparaison entre les deux races semblait ridicule.

Pourtant... qu'avait dit Malenkens? « Il vous faudra environ six ans pour adapter à notre groupe votre rythme de vie. » Une ardeur soudaine saisit Slade. Cela signifiait-il que lui aussi, au bout de ces six années, pourrait se rendre invisible à volonté? Ou bien Malenkens avait-il voulu dire autre chose?

Réprimant cette pensée, il se força à se radosser dans son siège. Il aurait voulu parler à Malenkens, mais celui-ci, inexplicablement, persistait à ne pas le regarder. Le temps passait et Danbar ne se manifestait toujours pas. Cette absence commençait à inquiéter Slade. Une nouvelle fois, il se dit que l'on devait attendre qu'il fît quelque chose.

Il se releva, perplexe. Une impulsion soudaine le fit s'asseoir sur le siège de Danbar, mais il n'y resta pas, songeant à la cocasserie de la situation si l'homme disparu revenait s'y matérialiser.

Il se dirigea ensuite vers l'entrée de la caverne, au cas — douteux — où Danbar se serait trouvé au-dehors. La corniche grouillait d'activité, telle une ruche, avec les femmes s'affairant à leurs chaudrons et les enfants jouant bruyamment. Mais il n'y avait nulle trace de Danbar.

Slade s'attarda un instant à contempler le marécage en contrebas. La beauté du paysage dépassait l'imagination. Sur l'eau étincelant au soleil, la végétation multicolore posait comme des taches vivantes. Il vit au loin un envol d'oiseaux et pensa en tressaillant : « Des oiseaux à trois yeux! » A distance au-delà du marécage, les arbres se dressaient à une hauteur incommensurable, et plus loin encore, se détachaient les collines baignées de brume. Partout régnait le vert d'un perpétuel été.

Slade regagna la caverne en frissonnant. Quel monde merveilleux! Jamais, il en était sûr, il n'aurait la nostalgie de celui d'où il était venu.

Il y avait, certes, le problème posé par Naze... A cette idée, Slade sursauta et revint à la réalité. Il s'aperçut que Danbar n'avait toujours pas reparu. Des pensées le traversaient :

« Si je cherchais à me rendre invisible, sachant ce que je sais maintenant du sens de la vue, j'essaierais d'abord de perturber les centres visuels des témoins. Une vision parfaite n'est possible que si l'esprit est relaxé. Il me faudrait donc, d'une façon ou d'une autre, amener leur cerveau à un point de tension. »

Cette découverte l'illumina. Bien sûr qu'on attendait de lui quelque chose ! Il inspira lentement, profondément, puis expira avec un soupir en laissant tous ses muscles se détendre.

Le docteur McIver avait toujours affirmé qu'une seule expiration suffisait à relaxer l'organisme.

Slade en eut à cet instant la preuve. Comme il s'apprêtait à inspirer de nouveau, il vit Danbar réapparaître sur son siège !

L'homme le regarda avec gravité.

« Bravo, mon ami. J'espérais que vous

parviendriez seul à résoudre ce problème. »

Et il continua :

« Vous avez expérimenté pour votre compte l'une des grandes lois régissant le système nerveux. Dans les mois qui viennent, vous apprendrez les ultimes secrets de la relaxation — une relaxation si complète que, en dernier ressort, il n'est plus de limites au contrôle qu'on peut exercer sur les nerfs. »

Il se leva en souriant.

« Mais pour le moment, conclut-il, emportons nos chaises dehors pour déjeuner. »

Slade suivit les hommes dans l'éclatant soleil.

VII

SLADE était installé sur un monticule dominant le marécage, position d'où il apercevait les cavernes à un kilomètre de là. Cela faisait un mois qu'il séjournait dans la tribu; ce jour-là, il faisait un temps splendide. Une averse était tombée le matin, et le ciel était maintenant d'un bleu limpide. Devant lui, s'étendait un panorama verdoyant; des gouttelettes scintillaient encore aux feuilles des arbrisseaux.

Le monde alentour était merveilleux comme de coutume, et pourtant Slade éprouvait une insatisfaction. « Les vieilles habitudes qui ressurgissent, songea-t-il. Mcs nerfs souffrent d'un besoin névrotique d'activité. » Un désir le poursuivait même : aller chercher, pour mieux l'examiner, ce bizarre instrument métallique qu'il avait trouvé dans le sol, près de sa ferme, la nuit de sa rencontre avec Leear dans l'astronef.

Mais il ne bougea pas. Évoquant le mois écoulé, il devait bien admettre que celui-ci dans l'ensemble avait été passionnant. Le monde de la relaxation était un univers de découvertes infinies. L'éducation de ses muscles avait commencé par l'entremise de leçons orales et d'exercices. « Exercice » n'était d'ailleurs pas le terme exact, mais Slade l'utilisait faute d'un mot mieux approprié. La notion d'exercice, en effet, impliquait une dépense d'énergie physique, alors que la relaxation était juste l'inverse. Les exercices qu'il pratiquait étaient en fait basés sur l'absence de mouvement. Ils s'accompagnaient d'inspirations et d'expirations entraînant aussi peu d'efforts que possible. Et tandis que le corps gisait sur des coussins soigneusement disposés, l'esprit se concentrait doucement sur certains muscles, leur adressant toujours le même message mental : « Détends-toi, détends-toi, détends-toi. »

Graduellement, de semaine en semaine, Slade apprenait les principes de base de la relaxation. Une position correcte et de bonnes habitudes respiratoires étaient les deux règles essentielles; la non-observation de ces règles suffisait à engendrer une tension dont les répercussions touchaient le corps entier. Cette tension était la cause des anomalies de la vue et des faiblesses cardiaques. C'était elle qui était responsable du manque de dynamisme, de la promptitude à la fatigue, du recours aux narcotiques. D'elle encore découlaient l'hypertension artérielle et l'hyperacidité gastrique, les états dépressifs et l'attitude négative face à l'existence. Au sens propre du mot, elle était le mauvais génie du système nerveux, mais son élimination n'était que le premier pas, l'étape préliminaire vers la maîtrise totale du corps.

La seconde phase était la mise en condition des nerfs. Chaque nerf, considéré isolément ou intégré à un ensemble, est capable aussi bien d'une action positive que négative. En relayant une impulsion, il peut l'aiguiller vers le cerveau par une voie déviée. Il est probable que moins de cinq pour cent des impulsions nerveuses, chez un individu ordinaire, suivent la voie normale.

Que ces erreurs de cheminement soient consacrées par l'usage ne suffit pas à les justifier : une mauvaise habitude ne se justifie jamais, surtout si elle engendre les névroses, la sénilité précoce et la confusion mentale.

Toute cette masse d'énergie nerveuse mal dirigée doit être réaiguillée et axée sur des voies directes. Pour cela, il faut se concentrer sur les principaux trajets nerveux, grâce à un entraînement intensif. Dans ce domaine comme dans la relaxation musculaire, il ne suffit pas de choisir un milieu calme et de se détendre : encore faut-il suivre des directives précises. Des muscles relaxés en permanence selon une certaine méthode arrivent à la longue à rester en état de relaxation. Et des nerfs constamment poussés à établir une liaison, finissent par y aboutir d'eux-mêmes.

Le contrôle des nerfs conduisait enfin à la troisième phase, appelée phase moléculaire, et au sujet de laquelle Danbar s'était contenté de répondre à Slade qui l'interrogeait : « Vous verrez. Vous verrez. »

Toujours assis sur le monticule surmontant le marécage, Slade eut une pensée soudaine : il connaissait assez les exercices de relaxation des muscles pour être capable de les effectuer, au moins pendant quelque temps, sans instructeur à ses côtés. Il pourrait se rendre à pied jusqu'à l'endroit où, sur un autre plan, se situait sa ferme, et y déterrer cet instrument.

Il se mit brusquement debout. « Je demanderai à Danbar ou à Malenkens », décida-t-il.

Après les exercices du soir, il présenta sa requête à Danbar. Celui-ci, l'air embarrassé, consulta du regard Malenkens. Ce fut ce dernier qui répondit :

« Leear nous avait prévenus que l'inaction vous pèserait. (Il s'interrompit, les sourcils froncés, regardant Slade entre ses paupières mi-closes.) Je serai franc avec vous, Slade. Nous vous entraînons pour vous permettre d'aider Leear à combattre Naze. Ne croyez pas que nous participions à son complot. Nous exerçons simplement sur elle un certain pouvoir modérateur. Vous vous demandez sans doute ce que je veux dire, aussi vais-je l'expliquer.

« L'intention de Leear, continua-t-il, est de vous entraîner à nouveau dans la lutte. Nous n'avons ni la faculté ni le désir de l'en empêcher. Geean doit être tué et le peuple de Naze libéré. Selon Leear, vous êtes le seul à pouvoir mener à bien cette mission, bien qu'elle n'ait jamais précisé comment.

« Tout ce que nous avons obtenu, c'est qu'elle ajourne ses projets pour nous laisser au moins le temps de vous inculquer les premiers principes de notre méthode. »

Et Malenkens conclut tranquillement :

« Sans doute penserez-vous comme moi que, dans ces conditions, il serait plus sage de ne pas vous disperser dans des à-côtés. »

*

Slade fut catastrophé. Et plus il pensait aux paroles de Malenkens, plus le choc éprouvé se répercutait en lui. C'était curieux, mais, sans avoir un instant oublié Leear ou Naze — l'incroyable Naze —, il avait eu, en un sens, la mémoire engourdie par ce long mois de vie bucolique.

Maintenant les faits étaient là, clairement

exposés. Durant sa vie d'autrefois, Slade avait eu la réputation d'envisager la réalité avec une franchise brutale, et en des termes qui choquaient ses partenaires en affaires. Ce fut de cette manière qu'il considéra sa situation présente. Et il se vit dans la position du porc promis à l'abattoir.

Il passa une nuit agitée, ne dormant que d'un œil et se réveillant maintes fois en sursaut. Au matin, sa décision était prise.

Ainsi Malenkens et ses amis n'avaient pu que convaincre (avec difficulté) Leear de différer le traquenard où elle entendait le faire tomber. Voilà qui était parfait. Mais il ne devait rien à Leear, sauf une paire de gifles pour sa responsabilité dans la mort d'Amor et de Caldra.

Et puisqu'elle prétendait le manier sans même lui demander son avis, il ne lui restait qu'à l'empêcher par tous les moyens de parvenir à ses fins.

Cette détermination lui causa une satisfaction momentanée. Mais le lendemain matin il revint à la réalité : il aurait du mal à éventer les machinations de Leear. Il en savait si peu! Comment lutter contre ces êtres pour qui le système nerveux n'avait plus de secrets, et qui détenaient un astronef muni de perfectionnements dont le moindre permettait le transfert d'objets matériels entre ce plan et celui de la Terre?

Une telle notion lui rendit son calme. Pour éviter d'être ramené dans Naze par Leear, son arme principale était la ruse. Une arme pour l'usage de laquelle la colère était mauvaise conseillère.

A l'heure du petit déjeuner, il sortit de sa caverne et alla s'asseoir auprès de Malenkens.

« Je pense, entama-t-il, qu'il serait temps pour moi de connaître l'histoire de cette guerre entre l'astronef et la cité.

— Je vois que vous avez réfléchi à mes paroles d'hier soir, répondit Malenkens. Je ne les regrette pas, mais je ne peux en dire plus. Nous avons promis à Leear de la laisser vous raconter tout elle-même.

— Alors, dit Slade rageusement, dites-moi au moins qui est Leear!

— Elle fait partie des ceintures d'argent.

— Ce qui signifie?

— Les plans qui vous concernent seraient compromis psychologiquement si vous en saviez davantage. Il faut attendre. Mais je puis vous dire une chose : si vous survivez à la bataille, l'univers sera à portée de votre main. »

Cette perspective laissa Slade muet. Dans la bouche de Malenkens, de tels mots prenaient une résonance énorme. Pour la première fois, l'aventure où l'avait jeté son destin lui procurait une sensation exaltante.

Mais cette euphorie fut de courte durée. Les paroles de Malenkens sous-entendaient aussi quelque chose d'effrayant : l'obligation d'un sacrifice énorme par contrecoup. Slade durcit son attitude. Il regrettait d'avoir à se comporter inamicalement envers ses hôtes, mais il tenait à définir sa position sans équivoque.

Ce qu'il fit, en exposant sa résolution. Il ne serait pas question pour lui de collaborer avec Leear si on ne le préparait pas à ce qui l'attendait. Il était ridicule de vouloir le plonger dans cet imbroglio, en le laissant se débrouiller sans lui permettre de juger la situation. Dans de telles conditions, il refusait d'être mêlé à ce plan. Il n'acceptait qu'en étant pleinement informé.

Après l'avoir écouté, Malenkens dit d'une voix étrangement neutre :

« Vous aurez à tuer un homme, ce que vous n'avez jamais fait. Leear est persuadée qu'un tel acte vous est impossible de sang-froid et que vous ne pourrez l'accomplir que face à un danger, sous la pression d'une violente tension nerveuse. Vous ayant observé depuis un mois, j'avoue partager son opinion.

— Merci, dit Slade sèchement. Je m'obstine à ne pas croire que cela me concerne. »

Il acheva son repas en silence, tout en songeant à la situation. Sa position dans la tribu le laissait incertain; il décida pourtant, en dernier ressort, que son esclandre ne constituait pas une rupture. Il resterait encore un certain temps parmi les hommes à trois yeux, et il fixerait sa conduite ultérieure après mûre réflexion. Il ne servait à rien de se presser et de s'engager à la légère.

Il accomplit comme à l'ordinaire ses exercices de relaxation de la matinée.

Durant le second mois, le cours de sa vie parut à Slade plus rapide. Il comprit pourquoi : il était plus alerte, plus en éveil, plus avide d'apprendre. En même temps, il se tenait sur ses gardes; il surveillait les hommes qui l'entouraient et dormait avec un revolver sous son oreiller.

Vers la fin du mois, l'idée lui vint que jamais personne dans la tribu n'avait vu les revolvers en action. Tirer un coup de feu à titre d'intimidation pourrait être une bonne idée. Il hésita pourtant — ses munitions étaient précieuses, et une seule balle en moins pourrait lui faire défaut en cas de crise. Quoique Leear ne l'entraînerait jamais contre sa volonté, sauf si les hommes à trois yeux le livraient à elle pieds et poings liés.

Ce mois avait été marqué pour lui par plusieurs découvertes. Il s'était interrogé sur le règne animal qui pouvait exister sur ce plan de vie. « Il y a des animaux, lui avait certifié Malenkens avec un curieux sourire. Reste à savoir s'ils ont envie de connaître votre réaction en les voyant. »

Ces mots semblaient dépourvus de sens, mais, au cours de ces quatre semaines, Slade eut des visions fugitives révélant chaque fois un animal qui l'observait. Il y eut une petite bête sombre et agile, si vive qu'il ne pouvait capter d'elle que l'image trouble d'une silhouette mobile. Un animal au corps long et tacheté, trop mince pour être musculeux, et à l'allure canine, qui s'éloignait en trottant dans les buissons après l'avoir regardé de côté d'un air dédaigneux. Une bête pareille à un cheval qui le scruta curieusement l'espace de quelques secondes, avant de s'en aller au galop en renâclant. Et enfin un animal dont la rencontre lui causa un réel choc.

Il se promenait dans une vallée contiguë à celle que dominaient les cavernes quand, se détournant, il vit, à une dizaine de mètres derrière lui, une bête de haute taille. Sa tête évoquait à la fois l'ours et le chat, son corps était élancé, couvert de poils gris brun...

C'était le congénère de l'animal qui l'avait immobilisé, la nuit de sa capture dans l'appartement de Caldra et d'Amor.

Un frisson étreignit Slade qui dégaina son revolver. La bête grogna à son adresse, dévoilant une mâchoire brillante et acérée, puis elle se dressa sur ses pattes arrière avant de faire demi-tour et de disparaître dans les fourrés.

Quand Slade questionna Danbar, celui-ci lui dit qu'il s'agissait d'un animal appelé nith. Il demeura silencieux tandis que Slade lui exposait ce qui s'était passé dans l'appartement. Plus tard, Slade le vit parler gravement avec Malenkens. Les deux hommes se turent à son approche, d'où il conclut qu'il devait être question de lui.

Le fait qu'il pût être un objet de discussion le troubla et ne fit qu'accentuer le sentiment d'inconfort où le plaçait sa position. Il était temps, lui sembla-t-il, de démontrer la puissance de ses armes.

Il réfléchit au meilleur moyen de procéder et, finalement, décida de tuer un oiseau en plein vol. Au cours de ces deux mois, il avait pu maintes fois observer ces oiseaux au chatoyant plumage qui voletaient à l'entour des arbres, à proximité du marécage. Ils étaient très méfiants; il lui arrivait de passer une heure à s'avancer vers eux en tapinois et, une fois posté juste assez près pour les examiner, de les voir s'envoler. Son désir de regarder de près une créature ailée à trois yeux était presque devenu une obsession.

S'il en tuait un, il ferait d'une pierre deux coups.

Le matin suivant, il sortit de sa caverne un siège et s'y assit, un revolver sur les genoux,surveillant la broussaille en contrebas. Au bout de dix minutes, il remarqua qu'on l'observait du coin de l'œil. Un peu plus tard, Danbar, apportant un siège, vint s'installer près de lui.

« Qu'est-ce qui vous fait croire, demanda-t-il, que votre arme, sur le plan où nous vivons, pourra faire feu?

— Hein? » fit Slade, atterré par ce que sous-entendait la question de Danbar.

Il avisa au loin une troupe d'oiseaux et visa soigneusement dans leur direction.

« Je vous préviens que la détonation fait du bruit, dit-il. Attention! »

Il pressa la détente.

La gâchette fit entendre un déclic, exactement comme si le chargeur était vide.

Devant ce son, Slade se sentit impuissant et démuni, et glacé malgré la chaleur du soleil. Depuis deux mois, la pensée de ses revolvers lui donnait confiance et courage. Leur présence le réconfortait quand il évoquait la facilité avec laquelle les hommes de la tribu auraient pu s'emparer de lui pour le remettre à Leear.

Et maintenant, ce réconfort même lui était enlevé.

Après être resté un moment immobile, Slade éjecta la cartouche, la plaça dans sa paume et l'ouvrit. Il répandit la poudre en tas sur le ciment de l'allée et alla chercher un brandon au foyer le plus proche. Puis il mit le feu à le poudre, qui brûla lentement avec un grésillement, comme une boule de papier serrée.

Danbar reprit :

« Il faudrait une composition chimique légèrement différente. Auquel cas je suis sûr que cela fonctionnerait. »

Mais Slade n'avait pas l'intention d'attendre cette éventualité, maintenant qu'il était privé de sa protection. Sans un mot, il pénétra dans sa caverne, mit son second revolver à sa ceinture et bourra ses poches des objets apportés de la Terre. Puis il retourna dehors. Danbar vint près de lui.

« Vous nous quittez, Slade?

— Où se trouve Malenkens? demanda Slade.

— Il est parti.

— Parti? Où cela? »

C'était le second grand choc éprouvé par Slade.

Danbar prit un air gêné.

« Malenkens n'est pas des nôtres, Slade. Il nous rend seulement visite de temps à autre. Il fait partie des... des ceintures d'argent. »

Slade demeura muet; il se rendit compte de la situation. Il avait été remis à l'un des membres de la caste de Leear. Pour la première fois, il fut frappé par un fait : toute son existence dans la tribu avait dépendu de Malenkens.

Danbar poursuivait :

« Ne nous en veuillez pas trop, Slade, pour ce qui peut se produire. Nul d'entre nous n'a dépassé la phase moléculaire du contrôle corporel. Nous sommes impuissants dans le combat qui se déroule entre l'astronef et la ville, et tant qu'existera celle-ci, nous ne pourrons jamais atteindre le stade final de la maîtrise de soi.

« Cet élément négatif nous écarte de certains rythmes essentiels. La seule *pensée* que nos semblables sont prisonniers de ce barrage, sans pouvoir s'évader (car c'est l'objet essentiel du barrage que de les garder sous le contrôle de Geean), pèse sur notre esprit d'un poids intolérable et nous empêche de réaliser nos virtualités. Le résultat, c'est que nous aussi, nous sommes à la merci de Geean. »

Ces paroles sonnaient comme une excuse, ce qui radoucit Slade.

« Merci, dit-il. Je n'ai que de l'amitié pour vous et les vôtres.

— Bonne chance, ami », répondit Danbar.

Il fallut à Slade plus d'une heure de marche pour perdre de vue la corniche aux cavernes.

VIII

Au cours de cette heure, le paysage, s'était fait plus sauvage. Slade n'apercevait pas d'animal, sauf des oiseaux piaillant dans les buissons et les arbres, par centaines. Ils différaient de ceux qui peuplaient les alentours des cavernes, en ce sens qu'ils étaient moins farouches; Slade passant près d'eux ne les dérangeait même pas. Vers le soir, il ramassa une branche dont il se servit pour assommer deux sortes de pigeons, perchés à sa hauteur sur un arbuste. Ainsi eut-il entre les mains, pour la première fois, des oiseaux à trois yeux.

Au crépuscule, assis près d'un feu défiant les ténèbres qui s'amassaient, avec autour de lui les cris des oiseaux nocturnes, il mangea des fruits frais et un pigeon rôti à la broche.

Après son repas, il se mit à réfléchir au problème posé par ces deux mondes contigus : ceux des êtres à deux et à trois yeux. Les deux races devaient avoir une commune origine; la forme humaine ne se répétait pas si facilement. Autrefois, divers individus du monde à deux yeux avaient développé l'usage d'un troisième œil, sans même que celui-ci se matérialise.

Le phénomène n'était pas inexplicable. Comme la vue et les autres sens, il s'enracinait dans le réel. Ce dont l'esprit refuse l'existence, les sens l'ignorent. Et, de façon obscure, les objets ainsi niés cessent d'être perçus par le corps tout entier.

Idée d'ailleurs qui n'était pas neuve. « Est-ce que le chat continue de dormir sous le fourneau quand on n'est pas là? » disait une vieille sentence. Mais elle ne rendait pas exactement compte des possiblités de l'esprit. Que l'observateur soit présent ou non, il peut avoir la conviction absolue que le chat est toujours là. De même que les aveugles acquièrent des certitudes par le canal de l'ouïe et du toucher.

Seul compte l'esprit.

La nuit s'écoula; durant les intervalles de veille entre des sommes agités, Slade pensait à ses revolvers inutilisables. C'était là une question qui devait le préoccuper maintes fois durant les jours suivants. Elle modifiait dans une certaine mesure ses plans, sans toutefois l'amener à y renoncer.

Son intention avait été de gagner l'endroit où se trouvait l'instrument métallique, puis d'obliquer en direction du sud, afin de quitter les limites du territoire de Naze et d'échapper ainsi à Leear. Le rôle qu'il voulait jouer n'était rien moins qu'héroïque; il en éprouvait quelque honte tout en se tenant sur la défensive.

« Je suis plongé, pensa-t-il, dans la plus étrange aventure que puisse connaître un être humain, et je jouerai la partie avec précaution. »

Il savait que certains hommes n'eussent pas hésité à s'engager à fond dans l'affaire et seraient déjà en route pour Naze, résolus à défier Geean dans sa tour. Cette pensée lui fit serrer les mâchoires. Mais il ne servait à rien de se leurrer : il n'était pas du genre intrépide. L'important pour lui était, par excès de prudence, de ne pas descendre vers le sud sans emporter l'instrument métallique. Celui-ci se révélerait peut-être dépourvu de valeur. Mais c'était un indice, et rien ne prouvait qu'il ne fût pas encore en état de marche. Il ne pouvait donc le laisser derrière lui.

Les forêts étaient paisibles, les vallées s'allongeaient, les collines se faisaient plus élevées. Sous ses pas s'étendait un vaste continent vierge, mais le plus frappant était l'aspect familier du trajet qu'il suivait. Il y avait quelques différences dans la profondeur des vallées encaissées ou dans la hauteur des collines; les taillis touffus, les arbres et les forêts n'étaient pas les mêmes. Mais la topographie générale restait celle de sa terre d'origine. Et il avait si souvent parcouru les cent cinquante kilomètres séparant son domicile de sa ferme que pas une seconde il n'avait l'impression de se perdre. C'était là un merveilleux sentiment.

Finalement, au matin du sixième jour, il parvint en vue de la longue plaine au bout de laquelle — sur le plan de la Terre — était située la ferme. Il progressa avec précaution, se dissimulant chaque fois qu'il le pouvait, vers le point où était amarré l'astronef la nuit de sa rencontre avec Leear. De loin, il voyait qu'il ne s'y trouvait pas, mais il n'abandonna pas pour autant sa prudence.

Dix minutes plus tard, il découvrait l'instrument. Utilisant une forte branche comme levier, il mit plus d'un quart d'heure pour le déterrer, car il était profondément enfoncé.

Enfin, Slade l'exhuma. Le métal que son long séjour dans le sol n'avait pas terni brillait au soleil. L'appareil, plus grand qu'il ne l'eût pensé, se présentait sous la forme d'une boîte rectangulaire que surmontait un large disque. Eu égard aux dimensions de l'ensemble, le poids était remarquablement léger : une douzaine de kilos tout au plus, estima Slade. A part le magnésium pur ou le lithium, peu de métaux eussent possédé une densité aussi faible.

Slade ne tenta pas de l'examiner immédiatement. Toute la journée il le transporta, tantôt sur une épaule, tantôt sur l'autre. Une heure avant le crépuscule, il parvint à proximité d'une petite rivière et décida d'y passer la nuit. L'endroit était assez exposé, mais il était fatigué et la forêt la plus proche était à plusieurs kilomètres.

Il mangea en hâte, puis, sa curiosité l'emportant, se pencha sur sa trouvaille. Forces atomique et magnétique, lui avait dit un jour Malenkens, étaient les principales sources énergétiques de Naze. « Naturellement, avait-il ajouté, leurs principes ne sont pas exactement les mêmes chez nous que dans le monde d'où vous venez. »

Après son expérience avec les revolvers, Slade pouvait apprécier la portée de ce détail. En tout cas, il supposa que l'appareil de métal était producteur d'énergie magnétique.

Il l'étudia avec une attention soutenue.

C'était ce disque qui l'intriguait le plus. A quoi servait-il et pourquoi était-il de si grande taille? Le corps de l'appareil, dans lequel était fiché l'axe du disque, avait un volume d'environ trente centimètres cubes. Le disque lui-même mesurait un mètre de diamètre et avait une forme concave, s'évasant à partir du centre comme une fleur grande ouverte. On eût dit une large coupe.

Slade l'ébranla avec le doigt. Il tournait

facilement autour de son axe. Après une rotation de quelques secondes, il ralentit puis s'arrêta. Rien d'autre ne se produisit.

Slade palpa l'appareil, à la recherche d'un bouton de commande. C'est ce qu'il avait déjà fait la première fois, la nuit, près de l'astronef. Mais maintenant, il pouvait procéder à un examen complet. Il ne put cependant que vérifier l'absence de tout dispositif.

Ce fut alors qu'il remarqua, sur le flanc de l'appareil, trois points plus brillants que le reste de la surface, comme si celle-ci avait été entamée par un léger choc à ces trois endroits. Il les tâta du doigt, mais ne sentit nulle dépression, nulle marque d'éraflure, sur la surface lisse.

Perplexe, il scruta de plus près les points brillants. « Ils brillent, brillent, brillent, pensa-t-il. Je me demande ce que… »

A ce moment ses yeux perçurent quelque chose.

Il recula d'un bond, lâchant l'appareil.

Mais celui-ci ne tomba pas. Il resta suspendu en l'air à trente centimètres de son visage, le disque dirigé vers le haut. Les trois points vrillaient son regard comme de minuscules foyers ardents.

Slade ferma les yeux puis se mit à ciller rapidement. L'éclat des points lumineux transperçait même ses paupières. Cédant à la panique, il repoussa d'un geste brutal l'appareil.

Catapulté au loin, celui-ci décrivit un sillage brillant jusqu'à une trentaine de mètres de là. Puis il s'immobilisa. Les trois points continuèrent de déverser dans ses yeux une flamme dont l'éloignement ne diminuait en rien l'intensité.

Ne pouvant en détacher son regard, Slade courut jusqu'à l'appareil. Il lui fallait le tourner d'un autre côté, sinon sa vue allait être anéantie. Il s'en saisit avec des mains tremblantes et le renversa.

L'appareil pivota sans résistance sous sa poussée puis rejoignit doucement le sol, en flottant presque comme un ballon. Le côté portant les trois points lumineux était maintenant invisible.

Slade le dissimula dans les buissons au bord de la rivière. Puis, frissonnant encore de cette expérience, il s'allongea sur la rive herbeuse. Il se rendit compte au bout d'un certain temps qu'il n'avait rien subi de grave. Ses yeux étaient détendus; sa vue avait gardé son acuité.

Il dormit d'une traite et sans rêve durant toute la nuit. Quand il ouvrit les yeux, le soleil venait de se lever. Il cueillit des fruits aux arbres, et il finissait de manger lorsqu'un léger sifflement traversa l'air près de lui.

Il sauta de côté. Au même moment, quelque chose heurta le sol à l'endroit qu'il venait de quitter.

IX

Il se retourna pour voir l'objet. C'était une sorte de corde métallique formant une large boucle, et dont les extrémités aboutissaient à une petite boîte. La corde semblait vivante, à la façon d'un robot. La boucle se contractait, se resserrait à mesure que Slade l'observait.

Mais il n'eut pas le temps de l'examiner davantage. Un autre sifflement sc fit entendre et, cette fois, il fut touché à l'épaule par un second projectile, avant même d'avoir pu s'en garantir. Il vit une boucle métallique semblable à la première rebondir près de lui comme une balle de caoutchouc, manquant de heurter au passage un tronc d'arbre.

En poussant un juron, il se précipita derrière un fourré. Le temps pour lui de l'atteindre, et deux nouvelles boucles gisaient sur l'herbe, se rétrécissant avec des contorsions. Slade leva les yeux — et vit alors d'où elles provenaient.

Dans le ciel, se déplaçaient des êtres volants, trop éloignés pour être nettement perceptibles. Clignant les yeux pour mieux les apercevoir, Slade distingua au-dessus de chacun des reflets pourpre, argent et vert. Ils n'avaient pas d'ailes, mais il crut leur voir des jambes, ainsi que des bras suspendus à un élément brillant. C'était ces objets brillants qui volaient; les êtres y étaient simplement accrochés.

A intervalles réguliers, sans qu'à distance son mouvement fût discernable, l'un d'entre eux lançait en direction de Slade une boucle métallique qui fendait l'air en sifflant.

Un frisson le parcourut. Que se passait-il? En proie à une sorte d'hypnose, il évoqua la lettre de Leear lui disant de prendre garde à Geean et aux chasseurs de la cité.

Étaient-ce ces chasseurs qui l'attaquaient? En tout cas, ils gardaient leurs distances. Il estimait leur altitude à 1 000 mètres. A une telle hauteur, même si elles avaient fonctionné, ses armes eussent été inutiles.

Avec affolement, il chercha une issue. La forêt la plus proche était à quinze kilomètres derrière lui. Mais il y avait des buissons, des taillis. Il ne fallait pas perdre espoir tant qu'il n'était pas capturé.

Durant ses réflexions, plusieurs autres boucles étaient tombées en s'éparpillant autour de lui. Slade en compta cinq. Les chasseurs avaient sans doute coutume de les récupérer et ne devaient pas en détenir une très grande quantité.

Parcourant le ciel du regard, il se mit ensuite à dénombrer ses assaillants. Ceux-ci étaient sept.

« Il me faut les tenir à l'écart jusqu'à la tombée de la nuit », pensa-t-il avec un sursaut de panique.

Ses yeux se portèrent vers le soleil déclinant. Celui-ci était encore loin de l'horizon. La nuit serait longue à venir.

Serrant les dents, Slade élimina la peur qui l'avait envahi. Il se sentait soudain calme et résolu. Il allait tenter de gagner cette forêt, en fonçant droit devant lui.

C'était pure bravade, mais les entreprises les plus insensées ont toujours une chance de réussir.

Il se déplaça jusqu'à un second fourré. Juste à cet instant une boucle qui surgissait le frappa et l'emprisonna, en tournoyant sur elle-même. Slade voulut bouger; en vain : la boucle enserrait son buste inexorablement, lui plaquant les bras le long du corps.

Il chercha à dégainer son couteau, mais ses mains étaient immobilisées. Il se débattit comme un animal pris au piège, trébucha contre une pierre et tomba en roulant sur lui-même.

Comme un ressort d'acier qui se tend, la boucle s'était refermée autour de lui, pénétrant dans sa chair avec une force telle qu'il avait la poitrine comme comprimée dans un étau. Il devait bien y avoir une manœuvre à opérer pour provoquer son relâchement. Désespérément, il tenta de lever les doigts pour la toucher, sans parvenir même à l'effleurer.

Au cours de sa lutte, il perçut un mouvement dans le ciel à proximité de lui. Il avait du mal à y voir à travers les larmes de douleur qui lui obscurcissaient les yeux. Mais il s'en délivra en battant des paupières et, au bout d'un moment, il aperçut clairement les chasseurs revêtus d'argent. Ils le dominaient d'une trentaine de mètres et fondaient sur lui. Le combat était sans issue. Slade renonça.

A cinq mètres de lui, atterrirent les sept chasseurs de la cité, qui lâchèrent leurs dispositifs de vol. Slade les observa brièvement, se demandant si l'un d'eux était Geean. Mais c'était improbable. Son attention était d'ailleurs davantage attirée par les machines volantes rougeâtres. Celles-ci, qui avaient flotté un instant au-dessus de leurs propriétaires, rejoignaient maintenant le sol comme des ballons lentement dégonflés. L'un des hommes en portait une en surplus.

Chaque instrument se présentait sous la forme d'un cylindre d'environ dix centimètres de diamètre et un mètre de long. Une courroie y était fixée, qui se terminait par des poignées. Rien d'autre. Pas de mécanisme ni de source apparente d'énergie. Slade aurait aimé les examiner de plus près, mais il ne le fit pas, d'abord parce que la boucle le maintenait toujours prisonnier, ensuite parce que les hommes l'intéressaient davantage.

La nuit où il avait vu les soldats de Geean dans l'appartement de Caldra et d'Amor, il n'avait pas eu le temps de remarquer leur allure. Maintenant, il le pouvait.

Leurs visages graves au teint pâle étaient penchés sur lui, avec une expression mauvaise. Deux d'entre eux souriaient sardoniquement. L'un d'eux lança quelques paroles, déclenchant un rire général qui fut de brève durée, et à la suite duquel les visages redevinrent graves. Slade n'avait pas compris les mots qui avaient été prononcés.

On le dépouilla de ses revolvers et ses poches furent vidées de certains objets. Ceux-ci étaient rapidement examinés au fur et à mesure, puis rangés dans un sac de toile. Avant que la fouille fût terminée, l'un des hommes palpa un certain endroit de la boucle. Celle-ci se desserra immédiatement et put passer sans difficulté par-dessus la tête de Slade.

Tandis qu'il se redressait en massant ses bras engourdis, un autre homme lui mit en main la machine volante excédentaire et lui désigna l'un de ses compagnons, en train d'en ramasser une sur le sol.

« Regardez », dit-il sèchement.

Slade observa le troisième homme qui lançait en l'air l'appareil, en un geste circulaire plein de souplesse. Le cylindre sembla s'accrocher à quelque chose d'invisible; il se tendit comme la flèche qui pointe d'un arc. Entre-temps, l'homme avait fait un bond agile pour se suspendre aux poignées. L'appareil se mit à dériver en avant, et l'homme resté à côté de Slade lui dit :

« Maintenant, à vous. »

Slade craignait que l'appareil qu'il lançait à son tour ne retombât sur lui. En même temps, de façon paradoxale, il s'attendait que ses bras fussent à demi écartelés au moment où l'objet prendrait l'air.

Mais rien de tout cela ne se produisit. La machine ne retomba pas; elle ne s'éleva pas non plus avec un sursaut. Une sorte de courant — une onde de légèreté — imprégna simplement son corps. Et c'était ce courant, et non l'appareil, qui l'emportait en l'air, comme un duvet soulevé par une brise ascendante.

Le dispositif de vol déployait au-dessus de lui sa puissance métallique. Mais il ne faisait office que d'agent catalytique, *affectant* son corps sans le transporter. Le corps volait *avec* la machine ; il faisait partie de la machine, comme deux moitiés se fondent en un tout. Il se rappela la façon dont les cylindres avaient rejoint le sol, quand les chasseurs les avaient lâchés ; il était évident qu'ils ne pouvaient tenir en l'air dès l'instant qu'ils n'étaient plus reliés à leurs passagers.

Un flux intense établissait un lien entre son système nerveux et l'appareil. Son poids l'abandonnait, comme si la pesanteur eût été abolie. Il éprouva un choc en pensant que c'était de cette façon que s'était comporté l'appareil au disque. Il se retourna pour voir l'endroit où il l'avait caché, mais, de la hauteur où il se trouvait, il ne put rien apercevoir.

Au soulagement qu'il ressentait se mêlait de l'émerveillement. Quels incroyables secrets du système nerveux ces êtres avaient-ils découverts, tant sous l'angle naturel que mécanique? Il vit que les six autres chasseurs se rapprochaient de lui. Ils se groupèrent autour de lui, suspendus sans effort à leurs machines volantes. Et le mouvement de celles-ci conditionnait la direction et la vitesse de la sienne, comme si cette dernière était guidée par une sorte d'union avec les autres.

Ils planèrent à basse altitude au-dessus des plaines et des marécages, le long des vallées et à travers les forêts. Slade remarqua que les hommes volants avaient tendance à demeurer près du sol. Aucun d'eux ne tentait de prendre de la hauteur. Ils passaient entre les cimes des arbres au lieu de les survoler, évitaient les sommets montagneux couverts de neige qui jalonnaient leur route. Ils se laissaient emporter comme par un fleuve; Slade en conclut que la force motrice qui les propulsait dérivait des courants magnétiques terrestres. Rien d'autre, au regard de ce qu'il savait, ne pouvait expliquer la régularité de leur vol ni le mode de transport utilisé.

Au bout d'un temps étonnamment court, leur groupe volant en rangs serrés parvint en vue d'une ville aux spirales étincelantes.

Slade contempla avec ravissement ce spectacle, tout différent de celui qu'offrait la ville vue de l'intérieur. Située à l'embouchure d'une vallée qui allait s'élargissant, elle avait environ six kilomètres de large. Slade ne pouvait évaluer sa longueur : ils volaient trop bas par rapport au niveau de la cité édifiée sur un plateau.

Ses tourelles et ses toits brillaient au soleil qui s'élevait dans le ciel. Elle était bâtie en étages autour de la tour centrale de Geean, qui se dressait comme un pylone géant au-dessus de l'horizon. Cette tour semblait plus haute que Slade ne se le rappelait; elle rivalisait avec le faîte des montagnes les plus proches. La clarté violette issue de son sommet argenté se répandait comme un voile de brume au-dessus de la ville tout entière. Vue de cet angle, sa teinte était remarquablement vive. Elle s'étalait jusqu'au-delà des limites de la cité, en s'abaissant vers le sol comme les plis d'une vaste robe.

Les hommes volants firent une pause devant le barrage, l'espace d'un instant. De la tour distante, un signal lumineux pointa, tel le rayon que réfléchit un miroir; puis les machines rougeoyantes reprirent leur vol et trouèrent le voile violet comme autant de poignards fendant de la gaze.

Ils rasèrent presque certains toits, évitèrent plusieurs spirales, puis se mirent à perdre de l'altitude. Ils s'abaissèrent à six mètres, à trois mètres du sol. L'un des hommes volants côtoya Slade et saisit une poignée de sa machine.

« Allez, s'écria-t-il. Sautez! »

Slade, stupéfait, le regarda sans comprendre. Le visage auprès du sien avait une expression voisine de la haine.

« *Sautez!* » répéta l'homme.

Slade baissa les yeux. Une rue pierreuse s'étendait sous eux. Après une hésitation, il lâcha les poignées et se laissa aller. Le brusque retour de la pesanteur dans son corps écartela ses nerfs, le laissant pantois. Il heurta le sol plus violemment qu'il ne l'eût voulu, roula deux fois sur lui-même puis se redressa péniblement. Déjà les hommes volants disparaissaient à proximité derrière une spirale.

Brusquement, Slade se retrouvait seul.

. . . .

DÉPOSITION DE JOHN ALDEN (FERMIER DANS LE COMTÉ DE SMAILES) DEVANT LE TRIBUNAL

Le 19, je me suis levé à 5 heures du matin comme tous les autres jours, et j'étais occupé à mes travaux quotidiens lorsque j'ai assisté à un spectacle qui m'a paru étrange.

Une femme et une grosse bête ayant l'allure d'un ours marchaient dans mon champ, en direction de l'ouest. Comme les ours sont dangereux, j'ai eu peur que la femme ne sache pas qu'elle était suivie par un animal aussi énorme.

J'ai couru chercher mon fusil, mais bien qu'ayant mis seulement une minute pour entrer chez moi, je ne vis plus la femme et l'animal quand j'en ressortis. Il n'y avait aucun endroit pourtant où ils auraient pu aller en si peu de temps. C'était comme s'ils s'étaient volatilisés.

Ce fut le même jour, peu après midi, que le corps déchiqueté de Michael Slade fut découvert dans la vallée, à trois kilomètres de chez moi. Selon le médecin légiste, il était mort environ une demi-heure auparavant. Il est donc vraisemblable que sa mort n'a pas de lien avec ma rencontre de la femme et de l'ours.

J'ai raconté cet incident au cas où il servirait à éclaircir le mystère de l'homme à trois yeux.

A part cela, je n'avais jamais vu Michael Slade avant que son cadavre soit transporté à ma ferme par le médecin.

Autre chose encore : quand la police du comté de Smailes et moi avons examiné les traces de pas de la femme et de l'animal, nous nous sommes aperçus qu'elles s'interrompaient brusquement en plein champ.

Je n'ai aucune explication à fournir de ce phénomène.

X

TOUT en progressant lentement, Slade évaluait la situation. Si ses revolvers lui avaient été confisqués, son couteau était toujours dans son étui. Les chasseurs avaient laissé en outre dans sa poche son mouchoir, une petite boîte d'attirail de pêche et un flacon de morphine, qu'il avait emporté au cas où un accident violent lui adviendrait.

Soudain, il vit que la rue au bord de laquelle il marchait était moins déserte qu'il ne l'avait supposé. D'une allée transversale, sortit une vieille femme qui se propulsa vers lui d'une démarche cauteleuse et marmonna :

« Du sang, sinon je vous tue! »

Slade l'écarta de la main, tout en se demandant pourquoi les chasseurs l'avaient relâché. Qu'attendaient-ils qu'il fasse? Qu'il fasse... C'était bien là le problème. Geean le croyait au courant du complot qui se tramait; le dictateur de Naze devait escompter qu'il conduirait ses forces jusqu'aux conjurés.

Slade eut un rire amer. Le plan de Geean ne manquait pas d'habileté, mais il achoppait sur un point essentiel : Geean avait tort de le croire renseigné!

Toutefois cela n'avait plus d'importance. Son intention était, avant la tombée de la nuit, de trouver l'appartement jadis occupé par Caldra et Amor. Puisque Geean en connaissait l'emplacement, il n'avait pas besoin d'agir à la dérobée pour le rechercher.

Dans l'immédiat, il devait partir du principe qu'il ne pouvait s'échapper de Naze, que Geean était capable de le faire arrêter où et quand il le voudrait.

Le soleil était presque au zénith lorsqu'il atteignit le cinquième district de la ville. Il reconnut une rue, puis une autre, et constata enfin qu'il était à proximité de l'appartement. Comme il se hâtait vers celui-ci, il entendit geindre une voix féminine aux inflexions vaguement familières :

« Un peu de votre sang, monsieur! »

Il poursuivait son chemin quand la voix émit un soupir haleté qui le fit se retourner. Il vit une jeune femme qui le considérait avec une expression de dureté.

« Mais je ne rêve pas, s'exclama-t-elle avec un ricanement sarcastique, c'est bien l'individu qui devait détruire Naze!

— Amor! » s'écria Slade.

Puis il se rappela Geean et se dit que ses faits et gestes devaient être observés.

« Vite, reprit-il, rendez-vous dans l'appartement de Caldra. Je vous donnerai un peu de sang. Mais pour l'instant, frappez-moi le visage comme si vous étiez furieuse. »

Elle fut prompte à s'exécuter. Sa main se leva et lui fustigea la joue, puis elle se recula l'air triomphant, et il passa son chemin, tout en mesurant seulement la portée de ce qu'il venait de voir. Amor... réduite à mendier dans les rues! Il ressentait personnellement le poids de cette dégradation. Sa colère s'en accrut vis-à-vis de Leear, la responsable de cet état de choses.

Avec une résignation morne, il se demanda si Amor viendrait au rendez-vous.

Elle y vint et y fut même avant lui. Ce fut elle qui lui ouvrit; à peine eut-il franchi le seuil qu'elle se mit à lui parler avec volubilité. Son visage était empourpré, ses yeux larges ouverts, ses mains tremblantes. Elle semblait au bord de la dépression nerveuse.

La nuit de la mort de Caldra, lui raconta-t-elle, elle avait échappé au même sort parce qu'elle passait la nuit chez une amie.

« J'avais peur, si je restais, avoua-t-elle, de ne pouvoir me retenir d'aller dans votre chambre. »

Son intonation fébrile rappela à Slade sa promesse. Il se leva et alla dans la chambre d'Amor. A côté du lit, étaient posées sur une table la coupe et la seringue.

Il eut un frisson en songeant, une nouvelle fois, aux abîmes jusqu'auxquels peut s'enfoncer un être humain.

Puis il emporta la seringue dans la cuisine, fit bouillir de l'eau sur l'une des curieuses plaques énergétiques et stérilisa l'aiguille. Il introduisit ensuite celle-ci dans une veine de son bras gauche. Sombre et brillant, le sang reflua dans la seringue. Quand elle fut remplie, il vida son contenu dans la coupe. Il y eut un léger sifflement lorsque le sang entra en contact avec le métal, mais pas d'autre réaction. D'une main ferme, il saisit la coupe et alla la porter à Amor, devant qui il la posa.

Il la vit s'humecter les lèvres, mais elle ne regarda pas la coupe. Son visage et son corps étaient également rigides. Ses yeux immobiles fixaient le parquet. D'une voix monocorde, elle demanda :

« Pourquoi êtes-vous revenu dans la ville? »

Elle réfléchissait à la situation : c'était bon signe. Slade commença à parler; il fut bref mais ne dissimula rien. Quand il eut terminé, les yeux d'Amor luisaient d'excitation. Elle se dressa avec une expression passionnée.

« C'est cela l'explication, s'exclama-t-elle, *c'est cela!* (Elle le fixait les yeux exorbités.) Vous ne voyez donc pas? Ce n'est pas par accident que vous êtes ici! Rien dans cette affaire n'est abandonné au hasard. Geean s'est laissé tomber dans le piège, alors qu'en fait il est en sécurité derrière sa ceinture d'argent. C'est parce qu'il est anxieux de savoir pour quelle raison Leear vous juge capable de le détruire. Téméraire comme il l'est, il prendra des risques uniquement pour le découvrir. »

Elle s'était mise, tout en parlant, à faire les cent pas. Elle s'arrêta devant Slade et lui dit d'une voix pénétrée :

« Allez le voir, cela le déroutera. Il attend que vous agissiez, que quelqu'un vous ordonne d'agir. Si Leear dit vrai en affirmant que vous seul pouvez le tuer, cela signifie que rien ne peut avoir lieu en votre absence.

« Cela signifie aussi que vous devez chercher à rencontrer Geean. Vous ne pouvez espérer prendre la fuite. On ne s'enfuit pas de Naze sinon par l'intermédiaire de Leear. Et elle vous gardera ici tant qu'elle ne sera pas parvenue à ses fins. De toute façon, Geean vous fera tôt ou tard capturer et... *Attendez!* »

Elle traversait la pièce. Elle revint portant la coupe pleine de sang et la lui tendit, en disant d'une voix fiévreuse :

« Buvez-en une gorgée. Cela vous donnera du courage. L'effet d'une gorgée ne dure pas plus d'une heure. »

Slade prit la coupe avec curiosité. Un trouble s'emparait de lui. Il avait déjà éprouvé la tentation de faire cette expérience, bien que l'idée de boire son propre sang lui répugnât. En tout cas, il n'allait pas se laisser convaincre si facilement de se jeter dans la gueule du loup. Son dessein était de gagner du temps.

Il porta la coupe à ses lèvres, hésita. Puis il en avala une petite gorgée...

« Entrez ici, jeta brutalement l'officier de la tour. Si Son Excellence Geean désire vous parler, il vous le fera savoir. »

La porte se referma avec un bruit sourd.

Slade tituba au centre de la pièce. Le sentiment d'extase, de plaisir presque intolérable, que l'absorption du sang avait déclenché dans ses nerfs s'était maintenant dissipé. Il ne lui restait plus que le souvenir flou de rêves de plaisir insensés, ainsi qu'une fureur croissante.

« La petite garce, songea-t-il, la traîtresse! Elle savait ce qui allait se passer. »

Il avait été victime d'une sorte d'hypnose, qui l'avait conduit sans résistance à travers les rues, l'esprit euphorique et embrumé, droit jusqu'à la tour de Geean. Les buveurs de sang, juste avant d'en consommer, devaient donner à leur esprit une impulsion. Celle à laquelle il avait obéi l'avait poussé à aller trouver le tyran.

Encore étourdi, il examina la pièce où il était enfermé. Dans un coin, était placé un lit, et une large fenêtre s'ouvrait dans le mur opposé. Il alla y regarder et fut saisi d'un frisson. Son regard plongeait jusqu'à une profondeur évoquant celle d'un précipice. Il estima à une hauteur de soixante-dix étages le niveau auquel il se trouvait, et il se penchait en avant pour le vérifier quand la nature même de ce geste le frappa comme une révélation.

La fenêtre n'était pas vitrée.

Il se recula, troublé de ce que son état mental eût pu, même brièvement, l'empêcher de déceler ce danger. Il valait mieux rester étendu, songea-t-il avec crainte.

Il s'assoupit sur le lit et fit un cauchemar engendré par les après-coups de la drogue. Son corps était projeté par la fenêtre béante et décrivait une chute jusqu'au sol soixante-dix étages plus bas. Il se réveilla, le corps secoué de tremblements, et soudain se figea.

A son chevet, se tenait un nith, dont l'énorme tête le dominait. Ses trois yeux baissés vers lui ressemblaient à des lacs baignés d'une lumière surnaturelle. L'animal vit que Slade ne dormait plus, mais il ne chercha pas à s'éloigner. Il prit au contraire la parole.

« Qui vous a dit de venir ici? » demanda-t-il.

Et il demeura sur place comme pour attendre la réponse.

L'esprit de Slade fut près de sombrer. Il avait tout prévu sauf cela — cette découverte de la faculté du langage chez un animal. Sa stupeur était trop grande pour qu'il pût d'emblée s'y adapter. Surprise ainsi sans être sur ses gardes, sa conscience suspendit momentanément ses fonctions.

L'expérience n'était pas agréable. Son métabolisme en fut affecté. Un flux d'énergie nerveuse inemployée se déversa en lui et une nausée le gagna, accompagnée de l'incapacité d'accomplir des réflexes libérateurs normaux, comme la déglutition ou le clignement des yeux. Sa vision devint indistincte, comme si le sang qui irriguait ses yeux se solidifiait.

La conviction aiguë lui vint qu'il allait être rejeté sur sa terre d'origine. Ce n'était pas une pensée consciente, c'était une peur située au niveau de l'instinct. Cette peur devint si gigantesque qu'elle déclencha enfin une idée qui se fraya une voie à travers les brumes de son cerveau. S'il était expulsé de ce plan, il tomberait d'une hauteur de soixante-dix étages en rejoignant le niveau du sol. A la perspective de cette chute, sa raison était comme pétrifiée.

Mais les secondes passèrent et rien ne se produisit. Il reprit confiance.

La tête mi-ours mi-chat du nith était toujours penchée au-dessus de la sienne. L'animal reprit :

« Quel est le plan destiné à détruire Geean? »

En percevant ces mots, Slade remarqua un détail qui faillit à nouveau lui faire perdre la raison : ils n'avaient pas réellement été prononcés; aucun son ne s'était fait entendre. L'animal lui parlait télépathiquement!

Incapable de bouger, Slade tenta de surmonter cette nouvelle révélation; l'existence d'animaux possédant un meilleur mode de communication que celui des humains. Il se souvint des bêtes sauvages qui l'avaient observé, des oiseaux près des cavernes qui avaient éventé sa présence. Était-il possible que tous ces animaux eussent pu lire ses pensées?

Il cessa d'y réfléchir, car le nith grognait de façon menaçante. Une de ses pattes se dressa.

« *Quel est le plan?* » répéta-t-il.

D'un bond, Slade se retourna de l'autre côté du lit tout en dégainant son couteau. Puis, galvanisé par la peur, il sauta hors du lit et se remit debout, adossé au mur le plus proche, le couteau brandi.

« Attention, fit-il. Sinon je te plante ça dans le corps. »

Il ne devait garder qu'un souvenir vague de ce qui se produisit ensuite. Par la fenêtre à laquelle il faisait face, surgit un deuxième nith qui semblait s'être matérialisé dans le vide. Il était porteur d'une arme transparente qu'il braqua vers son congénère et d'où pointa un rayon rouge pâle. Le premier animal dut mourir instantanément, mais son corps mit plus d'une minute à se dissoudre. Le nouvel arrivant s'avança alors vers Slade, qui sentit une pensée pressante l'atteindre :

« C'était un traître. Nous avons attendu que Leear nous donne le signal de le tuer. Maintenant il n'y a plus de temps à perdre. Je me débarrasse d'abord de ce... (Slade perçut un concept désignant l'arme que tenait le nith.) »

Il regarda l'animal la casser en deux avec dextérité. A l'intérieur, se trouvait un simple dispositif monté autour d'une bande de métal qui mesurait quelques centimètres de long. La patte du nith saisit l'objet.

« Vite, transmit-il, mettez ça dans votre poche. »

Slade n'eut pas le temps de refuser; l'animal bondissait vers lui et glissait dans sa poche gauche la bande de métal. Puis il dissimula sous le lit les deux morceaux restants de l'arme et se redressa.

« Ils viennent vous chercher, fit-il rapidement. Rappelez-vous que la victoire n'est pas encore acquise. Ce que nous avons fait jusqu'ici, nous aurions pu le faire il y a des années.

« *L'état de crise est déclaré.* »

La porte s'ouvrit; une demi-douzaine de soldats entrèrent dans la pièce. Sans un mot, ils emmenèrent Slade le long d'un corridor obscur jusqu'à un ascenseur. Le nith les suivait. L'ascenseur gravit en grinçant une dizaine d'étages. Un autre corridor; puis une porte fut ouverte qui donnait dans un appartement spacieux.

Un homme grand et mince, mais robuste de carrure, se tenait debout près d'une fenêtre sans vitre en regardant au-dehors. Il portait les brillants vêtements argent des chasseurs de Naze, et Slade ne remarqua rien en lui jusqu'au moment où il se retourna. Ce fut alors qu'il éprouva en le reconnaissant un choc terrible.

Geean n'était autre que Malenkens.

XI

C'ÉTAIT pour Slade une matinée remplie de chocs dévastateurs. Il se rendit compte que l'homme le regardait avec un léger sourire, et ce fut l'aspect méprisant de ce sourire qui lui permit finalement de surmonter son trouble.

En un éclair, il entrevit l'enchaînement des faits. Les excuses de Danbar s'expliquaient maintenant. Le nith qui l'avait neutralisé la nuit de la mort de Caldra avait dû lire dans son cerveau; grâce aux informations fournies par lui, Geean avait été en mesure d'aller l'attendre au village des cavernes. Là, sans poser une seule question, il avait appris de Slade les détails qu'il voulait savoir.

Sans doute avait-il fallu menacer sauvagement des hommes tels que Danbar pour les réduire au silence.

Le sourire de Geean se fit ironique.

« Vous avez raison, déclara-t-il. C'est effectivement ce qui s'est passé. »

Les mots épousaient si fidèlement sa pensée que Slade sursauta. Il regarda le nith. L'esprit de ce dernier entra instantanément en contact avec le sien :

« Bien entendu, je fournis à Geean une version expurgée de vos pensées. Il a besoin de quelqu'un qui lise dans les esprits; c'est à quoi servait le nith que j'ai tué. On m'a choisi pour prendre sa place à cause de ma ressemblance avec lui. Mais maintenant, vous devez être sur le qui-vive. »

Et le nith poursuivit avec une haine mal dissimulée :

« Geean n'est sûr de lui qu'en surface. Il craint Leear. Ce qui s'est déjà passé lui a fait comprendre que la crise est ouverte. S'il prend peur, il est capable de vous tuer sans délai. Vous devez donc être prêt à agir à la moindre impulsion que je vous transmettrai.

— Mais que devrai-je faire? »

A cette question qu'il formulait mentalement de toutes ses forces, Slade ne reçut aucune réponse. Il humecta ses lèvres desséchées, songeant qu'il était destiné à plonger au dépourvu dans chaque nouvelle péripétie de cette aventure. « Il faut, pensa-t-il, que je convainque Geean que je ne suis pas dangereux. »

Mais avant qu'il ait pu parler, Geean, s'adressa à lui :

« Slade, si vous êtes encore en vie, c'est que ma décision n'est pas prise. Une femme... (sa voix prit une intonation farouche)... du nom de Leear, la seule autre immortelle à ceinture d'argent, prétend vous utiliser pour me tuer. Je pourrais vous supprimer, mais elle susciterait sans doute quelqu'un d'autre contre moi, et peut-être ne le saurais-je pas à temps la prochaine fois. C'est donc maintenant que je dois prendre mes risques. Slade, je dois percer ses intentions; c'est la seule chose qui compte pour moi. »

Au cours de cette tirade impressionnante, le visage de Geean avait changé. Ses traits étaient crispés; on le sentait fasciné jusqu'au tréfonds de l'être par la menace dirigée contre lui. Lui, l'immortel, il se trouvait subitement en position de vulnérabilité, le pire étant le vague, l'imprécision de ce danger qui le guettait. Depuis des siècles, sans doute, il n'avait plus éprouvé une telle fièvre.

Les pensées de Slade s'interrompirent, car Geean poursuivait d'une voix plus dure :

« Slade, il est certain que dans cette affaire vous n'êtes qu'un pion sur l'échiquier. Mais je n'y puis rien : le fait est que vous êtes ici. Nous en sommes arrivés là malgré mes avertissements à l'égard de Leear. En ce moment — et il ne fait aucun doute que c'est son œuvre — un incendie atomique fait rage au quarantième niveau de la tour. Il ne sera pas long à gagner jusqu'à nous. »

L'attention de Slade fut un instant distraite, tandis qu'il ressentait un choc. Un incendie atomique! Cela signifiait que la tour allait être détruite et que le barrage serait à jamais anéanti. Naze, d'ores et déjà, était condamnée.

En se représentant ce cataclysme, il se mit à trembler. Les autres auraient le moyen de s'échapper, sans aucun doute, mais qu'allait-il advenir de lui?

Cependant la voix impitoyable de Geean poursuivait :

« Leear a toujours eu le pouvoir de déclencher une réaction atomique incontrôlable dans le mécanisme du barrage, mais il y a longtemps... (sa voix se fit plus sourde) *il y a longtemps* que je l'ai avertie que, dans ce cas, je tuerais tous les êtres humains de cette planète. »

Ses yeux à l'éclat froid fixaient Slade, qui était stupéfait du changement survenu en lui.

Au début, il avait conservé une trace de l'attitude austère et bienveillante de Malenkens. Maintenant cette apparence s'était évanouie. Son visage était devenu pareil à un masque cruel; il s'était si entièrement dénaturé que Slade était pris au dépourvu. En l'espace de quelques minutes, le docteur Jekyll était devenu Mr. Hyde.

D'une voix sauvage, Geean reprit :

« Leear a fait son choix. Elle savait qu'en cas de destruction du barrage, j'anéantirais la race. Qu'il en soit donc ainsi. »

La signification de ces mots était trop définitive pour que Slade pût s'en pénétrer. Il était obsédé surtout par le spectacle de la métamorphose de Geean. C'était comme d'assister au comportement animal d'un ivrogne, d'avoir la vision subite d'un égout, de regarder de force une photo obscène. Il eut un frisson de répulsion, puis, brutalement, cessa d'être absorbé par les choses matérielles. D'un seul coup, le sens des paroles de Geean le frappait.

A demi paralysé, il eut, encore plus intense qu'avant, la certitude qu'il lui fallait convaincre le tyran, le persuader qu'il ne ferait rien pour lui nuire. Il s'apprêtait à parler, mais se figea devant le spectacle qui s'offrait à lui.

Par la fenêtre située derrière Geean, une silhouette de femme, encore à peine matérialisée, pénétrait dans la pièce. Geean, sans doute averti par le nith, se retourna avec un sourire forcé, lequel se mua en ricanement lorsque Leear s'avança vers eux.

Slade la regarda avec froideur. Il avait le sentiment que sa vie était en jeu. Maintenant que Leear était ici, Geean serait plus que jamais porté à supprimer l'homme qui était censé le tuer.

Le nith transmit à son esprit une pensée anxieuse :

« Pour votre salut et le nôtre, restez calme. Vous êtes sûrement assez versé dans la maîtrise du système nerveux pour savoir qu'un individu non relaxé est en position désavantageuse. Je vous promets que je resterai en liaison avec vous. Donc, faites face à la situation avec sang-froid. »

Slade se raccrocha à l'espoir que faisaient naître en lui ces pensées. La relaxation devait lui être plus facile maintenant. L'espoir s'accrut. Quelle terrible duperie pour Geean que la présence de ce nith!

Slade considéra l'animal avec étonnement. Il était assis sur son arrière-train, ce grand ours à tête de chat, qui lisait les pensées de quiconque et en transmettait à chacun une version édulcorée. Et Geean, confiant et sûr de lui, *croyait* que le nith était à son service et lui était fidèle.

Si réellement il ne pouvait être tué, la supercherie dont il était l'objet était sans conséquences. Mais si Leear avait trouvé le défaut de la cuirasse, Geean avait commis une imprudence qui pouvait être fatale.

Slade inspira longuement, profondément, puis rejeta son souffle. La relaxation s'établit aussitôt. Et il put enfin mieux regarder Leear.

Elle n'avait rien de commun avec celle qu'il avait déjà rencontrée. Près du marécage, il l'avait vue nue, et dans l'astronef sous la forme d'une ombre. En un sens, il avait cru qu'elle portait toujours les vêtements primitifs des occupants des cavernes.

Il s'était trompé. Ce n'était pas une troglodyte qui se tenait devant lui. Ses cheveux tressés, sans une mèche en désordre, brillaient comme s'ils eussent été vernis. Elle portait une tunique de soie épousant parfaitement les courbes de son corps sans rien en révéler qui outrepassât les limites du bon goût. Son allure dominatrice s'était adoucie; elle eut même à l'adresse de Slade un chaleureux sourire. Celui-ci s'estompa quand elle fit face à Geean. Mais si elle avait eu l'intention de parler, elle ne s'y prit pas à temps. Ce fut Geean qui rompit le silence :

« Je vois que vous avez revêtu votre parure nuptiale », dit-il d'une voix insultante en éclatant de rire. Puis il se tourna vers Slade :

« Je tiens à vous faire savoir, mon cher ami, que vous êtes l'ultime espoir de cette vieille fille de dix mille ans. C'est un peu difficile à expliquer, mais les hommes des cavernes, en raison même de leur équipement nerveux, sont rebutés par les effluves d'une femme qui domine ses nerfs par des voies mécaniques. Elle n'a donc aucune chance de trouver un mari parmi eux. Ce qui ne lui laisse le choix qu'entre les buveurs de sang des rues... (il fit un geste vers la fenêtre)... et vous-même. »

Son sourire s'accentua.

« Pour des raisons de moralité, elle refuse de se commettre avec un adepte du sang. Ce qui restreint considérablement l'éventail des possibilités... au point de vous laisser seul en lice. Amusant, non? »

Le sourire s'évanouit et, brusquement, l'homme se tourna vers Leear.

« Quant à vous, ma chère, poursuivit-il brutalement, vous serez, j'en suis sûr, ravie d'apprendre que Slade est de mon côté, et non du vôtre. Le nith vient de m'informer qu'il cherche à me convaincre que je n'ai rien à craindre de lui. Puisqu'il me préviendra au cas où il changerait d'avis, vous voyez que je me trouve en position de force. »

Il ne se doutait de rien. C'était stupéfiant, presque pathétique, de le voir aussi assuré, décidé à croire tout ce que le nith lui communiquerait. Non que celui-ci eût menti au sujet des intentions de Slade, mais le fait qu'il se contentât de fournir à Geean des faits réels, tout en les passant au crible, soulignait curieusement à quel point le tyran était à la merci de son informateur.

Heureusement pour Geean qu'il était immortel. Sinon, son sort eût déjà été réglé.

La pensée du nith parvint à Slade :

« Si Geean nous en laisse le loisir, nous voudrions vous dépeindre les origines de cette guerre entre l'astronef et la ville. C'est la raison pour laquelle j'ai renseigné Geean sur votre désir de ne pas le tuer.

« Cela ne fera que repousser à plus tard le moment décisif. De toute façon, vous aurez à aborder l'heure du choix : choix entre les deux camps en présence, entre les deux peuples qui se trouvent devant vous. Tout ce que je puis vous dire, c'est que, l'instant venu, ce choix sera libre, mais seulement dans la mesure où quelque chose dans l'univers peut être entièrement libre.

« Maintenant, il nous faut persuader Geean de vous laisser entendre un bref résumé de l'histoire de Naze. »

Geean ne demanda pas mieux que d'accepter. Il paraissait même franchement amusé.

« Vous en êtes réduite à tenter de convaincre Slade! Laissez-moi vous dire une chose : c'est moi qui ai le plus de chances, le plus de certitudes de vaincre. Je me rappelle ce qu'il m'a dit de son pays. Il y a quelques années, les dirigeants de ce dernier ont fait jeter des bombes atomiques sur de grandes villes d'une nation ennemie. Le parallèle avec notre cas est des plus intéressants; il laisse si mal augurer de votre succès que je me contente de vous suggérer d'en finir le plus vite possible. Ce que j'aimerais simplement savoir, c'est comment vous envisagiez de vous servir de lui pour me tuer. »

Il eut un sourire.

« Vous refusez de le dire? Fort bien,

allons-y. Cela me distrait toujours d'écouter une relation partiale d'événements auxquels j'ai participé. »

Leear fit face à Slade.

« Je n'en ai pas pour longtemps », entama-t-elle.

Son histoire en effet fut brève. Ce fut le tableau de la décadence d'une civilisation ayant atteint la perfection mécanique. Les habitants immortels de Naze étaient indestructibles, grâce à leurs ceintures d'argent permettant de contrôler les nerfs. Il existait des machines destinées à toutes les tâches, et elles fonctionnaient toutes en vertu du même principe : la maîtrise du système nerveux par la voie d'énergies inorganiques.

Au fil des années, cette perfection se mit à perdre de son charme. Des individus en venaient à se suicider. Comme une vaste malédiction, l'ennui s'appesantissait sur cette civilisation matérialiste parvenue à son aboutissement, et chaque jour, des hommes et des femmes, en nombre toujours plus grand, cherchaient un recours dans la mort volontaire.

Cela devint une tendance générale. Au début, la planète avait connu la surpopulation. En fin de compte, seuls quelques millions de survivants continuaient d'habiter des villes, au nombre de dix-huit. Ce fut au milieu de cette impasse que de nouvelles découvertes concernant le système nerveux projetèrent des perspectives inédites sur l'avenir de l'humanité.

Des expériences furent effectuées sur des mammifères et des oiseaux. En fort peu de temps, diverses espèces animales s'avérèrent capables de lire la pensée — chose que l'homme, muni de toutes ses machines, n'avait jamais pu accomplir — et elles réagirent également de façon satisfaisante en d'autres domaines. Enfin, à la suite d'un référendum, une énorme majorité décida de renoncer momentanément à l'immortalité artificielle pour donner une chance à cette merveilleuse science nouvelle.

Leear arrêta son récit et regarda Slade avec gravité.

« Il ne pouvait y avoir de demi-mesures. C'était tout ou rien. On ne pouvait tolérer d'exceptions, laisser le choix aux gens. Les nouvelles découvertes prouvaient que l'homme primitif avait suivi le mauvais chemin vers la civilisation, et qu'il devait rétrograder pour repartir de zéro. Pas à pas, il devait s'écarter des dieux matériels qu'il avait adorés, s'écarter des villes et des machines. Vous avez vu vous-même à quoi pouvaient aboutir des hommes comme Danbar — encore n'a-t-il atteint qu'un degré de la troisième phase de contrôle, ou phase moléculaire. La phase finale, ou électronique, hors de notre portée tant qu'existera la ville de Naze, surpasse tout ce qui a jamais été envisagé par l'humanité. Nos ceintures d'argent nous en ont donné un avant-goût prometteur, mais rien d'autre. Les hommes seront pareils à des dieux, presque omnipotents, et naturellement immortels.

« Entendez-vous ce que je dis? *Naturellement* immortels? Dans votre monde et le mien, depuis des siècles, des milliers de générations sont mortes inutilement, alors que chaque être humain possédait dans son corps le pouvoir suprême, la capacité innée de réaliser tous ses désirs. »

Tout en l'écoutant, Slade avait clarifié sa vision des choses. L'existence des troglodytes, transfuges de la cité, s'expliquait. Dans le puzzle qu'était pour lui ce monde, des pièces commençaient de se mettre en place. Il eut soudain la notion confondante de la conclusion vers laquelle tendait Leear.

Celle-ci se hâta de poursuivre :

« Pensez à votre expérience. Vous êtes passé d'un plan à un autre par le seul fait d'accepter en esprit une réalité nouvelle. Voici une comparaison pour vous montrer à quel point les apparences peuvent être trompeuses. Prenons la lumière. Les êtres à deux yeux de votre monde doivent la définir comme un phénomène matériel et externe... »

Elle le regardait si impérieusement que Slade eut un signe affirmatif et lui expliqua la théorie ondulatoire et corpusculaire de la lumière.

« La lumière, reprit Leear d'un ton triomphant, est en fait perçue et non engendrée. Quelque part dans l'espace, se trouve le corps que nous connaissons sous le nom de soleil. Nous sommes conscients, ainsi que chaque objet dans cette pièce, aussi bien organique qu'inorganique, de l'existence de ce soleil. Nous réagissons à sa présence comme il réagit à la nôtre. Mais il ne vous envoie ni lumière ni chaleur — il ne nous envoie strictement *rien*. La perception est en nous-mêmes, elle est à l'intérieur des molécules de cette table et de cette chaise. Pour nous, elle se traduit par une impression de ce que nous appelons lumière. Vous voyez maintenant que le primitif, privé de repères intellectuels, s'est engagé dans la mauvaise évolution. Il n'était pas apte à comprendre la vraie nature du monde. »

Slade avait craint de ne pas assimiler les paroles de Leear mais il y parvenait. Quelques mois auparavant, il avait assisté à une conférence prononcée par un disciple d'Einstein. Or, il reconnaissait là, transposée, la dernière théorie de la lumière du fameux savant, alors qu'il pensait l'avoir oubliée.

Il réfléchissait à ces concepts lorsque son regard tomba sur Geean, ce qui le ramena à un autre type de réalité.

« Que vient faire Geean dans cette affaire? demanda-t-il.

— Question que j'allais poser », fit Geean sèchement.

Leear garda un moment le silence. Puis elle dit d'une voix plus sourde :

« Le grand plan rencontra, bien entendu, de l'opposition. Deux des ceintures d'argent avaient été conservées : pour moi et mon compagnon. Nous avions été choisis par la majorité pour équiper l'astronef que vous avez vu, pour surveiller les expériences, pour enregistrer leurs progrès, mais... »

Elle fit une pause.

« L'opposition se déclencha, reprit-elle avec détachement. Geean prit la tête de cette petite minorité égoïste qui tenait à ses prérogatives matérielles... »

A nouveau elle s'interrompit. Geean émit un rire qui mourut sur ses lèvres. Puis il déclara sombrement :

« Ils ignoraient jusqu'où j'étais prêt à aller. »

Dans sa voix et sur son visage, transparut le reflet de la décision impitoyable qu'il avait prise, tandis qu'il continuait :

« Une nuit, mes forces ont frappé dix-sept des villes — toutes sauf celle-ci. Les bombes atomiques les ont rayées de la carte. Nous avons dérobé par ruse au compagnon de Leear sa ceinture, avant de le tuer. C'est cette ceinture que je porte maintenant. Nous projetions aussi de détruire l'astronef, mais un hasard a permis à Leear de lui faire quitter son poste d'amarrage. »

Il eut un soupir profond au souvenir de ce qui avait dû être le choc capital de sa vie mouvementée. Ses yeux se rétrécirent jusqu'à n'être plus que des fentes.

« Elle a alors attaqué le centre de fabrication des ceintures d'argent. Quand nous eûmes mis le barrage en place, il était trop tard : toute chance de créer d'autres ceintures était anéantie. »

Geean haussa les épaules en évoquant une dernière fois ces événements, puis son attitude se durcit. Il regarda autour de lui avec agressivité.

« Assez disserté sur ce sujet. J'ai peine à concevoir qu'un étranger à notre monde se préoccupe de faits datant d'il y a mille ans, au point de risquer sa vie pour en tirer vengeance. »

D'emblée, ces paroles firent retomber la conversation sur le terrain des réalités immédiates.

XII

IL y avait trop longtemps, pensa Slade, détaché. Trop de siècles avaient passé depuis la perpétration de cet énorme crime. Et pourtant, en dépit de cet éloignement dans le temps, une trace de son horreur subsistait, qui venait le toucher au travers des années.

Car le problème se posait toujours. Il se posait à l'heure présente, dans cette pièce. Le combat pour la suprématie entre la ville et l'astronef. Cette entité collective qu'était l'astronef allait triompher de cette autre entité : la ville. Seulement Geean survivrait; par là même, il garderait le pouvoir de vie et de mort sur tous les gens sans défense de ce monde.

Mais c'est la vie individuelle qui comptait. Un homme avait le droit de sauver sa propre existence.

« Vous faites erreur, lui transmit le nith. Ce qui importe, c'est la vie de la race. L'individu doit se sacrifier. »

Cela allait trop loin pour Slade. Il s'aperçut que Geean était maintenant en train de lui parler :

« Mon animal télépathe, déclarait-il, m'a tenu au courant de vos pensées. Je note avec plaisir que vous avec rejeté l'argumentation de Leear, en la considérant comme de la métaphysique fumeuse. Il est possible, poursuivit-il, que vous et moi soyons plus proches mentalement que je ne le soupçonnais. Le nith m'a cité aussi les arguments que vous préparez pour me convaincre de vous laisser la vie sauve. A dire vrai, je n'avais pas pensé que j'avais à gagner en vous laissant retourner dans votre monde, mais je peux y réfléchir. »

Slade qui n'avait imaginé en fait aucun argument propre à assurer sa sauvegarde, regarda le nith avec stupéfaction. Cela lui causait un choc de voir que l'animal, avec une psychologie pleine d'habileté, avait agi en vue de le protéger.

La pensée du nith le joignit à nouveau :

« Je vous avais dit que, le moment venu, votre choix serait libre et n'appartiendrait qu'à vous. Geean a décidé de vous laisser la vie sauve, si aucune crise ne se déclenche. »

Slade lui adressa une pensée amère en réponse :

« Et comment savoir quelle solution adopter?

— Cela découle de ce que j'ai dit précédemment, projeta le nith. Nul choix dans cet univers n'est absolument libre. Vous pouvez vous ranger de notre côté ou vous entendre avec Geean. »

Ils y venaient : ils espéraient le forcer à prendre un risque pour éviter l'autre. En un sens, il était à leur merci.

« Que voulez-vous que je fasse? pensa Slade avec fureur.

— Geean doit mourir. Vous seul pouvez le tuer.

— J'ai déjà entendu ce refrain, fit-il impatiemment. Ce que je veux dire est... »

Il s'interrompit. Depuis des semaines, il savait que c'était cela le but final. Cette notion était restée ancrée dans son cerveau, mais à l'arrière-plan, comme un concept abstrait qui n'a de signification que dans l'absolu. C'était tout autre chose de se trouver aux prises avec la réalité de cet instant.

Lui, qui n'avait jamais tué personne, il lui fallait tuer Geean.

Comment?

Dans sa poche gauche se trouvait un instrument. En se tournant du côté gauche, il le pointerait vers Geean. Il n'aurait plus qu'à placer subrepticement sa main dans sa poche et à presser le bouton situé au sommet du dispositif.

Cet instrument avait eu le temps maintenant de s'intégrer à son système nerveux, lequel n'était, il le savait, pas encore entièrement stabilisé dans ce plan. En pressant le bouton, il transmettrait à Geean sa présente instabilité, sous forme condensée, par l'intermédiaire de l'appareil. Geean serait alors projeté instantanément dans le plan des êtres à deux yeux et il s'écraserait d'une hauteur de quatre-vingts étages sur le sol. De même que les armes de Slade n'avaient pu fonctionner ici, sa ceinture d'argent, là-bas, ne lui servirait à rien.

*

Slade se sentit pâlir. Il se rendait vaguement compte que Leear et Geean discutaient avec âpreté, mais il n'arrivait pas à concentrer son attention sur leurs paroles. Il ressentait l'horreur de ce sort, quelle qu'en fût la victime. Sa propre peur d'une pareille chute lui revenait…

Il eut un sursaut. Mais s'il participait à cette opération de transfert d'un plan à un autre, il serait lui aussi victime de cette chute!

Non, il ne pouvait y croire… Avec une terreur fébrile, il se représenta la scène. Ce à quoi menaient tous ces discours sur le sacrifice de l'individu au profit de la race! En esprit, il vit le corps de Geean et le sien tombant, plus bas, toujours plus bas, pour finalement se fracasser à terre. Cette perspective établissait un curieux lien entre eux.

Le nith intervint à nouveau dans ses pensées :

« Je vous jure que vous ne mourrez pas. »

Le découragement gagnait Slade, en même temps que l'incrédulité.

Le nith continua de façon pressante :

« Vous nous poussez à des extrémités. Leear a pris sa résolution : de Geean ou d'elle, l'un ne sortira pas vivant d'ici. Et si vous ne tuez pas Geean, il mettra à exécution sa menace de détruire la population, chose que Leear ne peut tolérer. Donc c'est à vous de choisir. De votre décision dépendra le sort des habitants de ce monde : ou ils deviendront les esclaves de Geean ou ils seront à même de réaliser leurs possibilités naturelles.

— Vous voulez dire que Leear serait prête à se tuer? » pensa Slade avec hésitation.

Le nith répondit ironiquement :

« Ne vous préoccupez pas de Leear. Un tel souci est une réaction d'ordre moral, ou disons racial, par opposition à la réaction purement individuelle de celui qui ne pense qu'à soi. Elle n'existe qu'au niveau de votre esprit; elle n'a aucune réalité extérieure. Que vous importe la mort de cette femme et de tout ce qu'elle représente, pourvu que vous viviez? »

Il avait dû désespérer de le convaincre à temps et projeter une pensée vers la femme, car elle se tourna vers Slade au moment où Geean, soupçonneux, déclarait :

« Si vous ne quittez pas les lieux immédiatement, je devrai reconsidérer ma décision de ne pas tuer Slade. »

En même temps, Leear disait à Slade :

« Je vous en prie, mon ami, pensez aux générations qui sont restées emprisonnées dans cette ville. Pensez à Amor, à... »

Elle s'arrêta, impuissante.

« Vous m'obligez à accomplir l'ultime sacrifice. »

Elle porta les mains à sa taille; elles disparurent sous sa tunique. Puis elles ressortirent porteuses d'une fine ceinture qu'elle lança violemment par terre. L'objet tomba sur le tapis en jetant un éclat métallique argenté.

« *Votre ceinture d'argent!* » hurla Geean d'une voix rauque.

Jamais Slade n'avait perçu dans une voix humaine un tel accent de triomphe mêlé d'incrédulité. Le tyran se rua vers la ceinture qu'il ramassa. Ses yeux reflétaient une joie sauvage. Il courut vers le mur à la gauche de Slade. Un appareil en forme de cône se trouvait dans une encoignure. De ses doigts tremblants, Geean y lança la ceinture. Celle-ci prit feu en jetant une flamme claire, puis se consuma.

Lentement, Geean parut revenir à la raison. Il se secoua, se retourna, regarda successivement Slade et Leear; sur son visage se lisait la conscience grandissante de sa victoire.

« Ah! dit-il avec enthousiasme, j'ai enfin le pouvoir de décider ce que je vais... »

Slade ne devait jamais savoir ce que Geean allait décider. Il était troublé jusqu'au fond de son être. La prière adressée par Leear au nom d'Amor l'avait touché. Le souvenir de la dégradation d'Amor suscitait en lui le tableau de ce peuple dominé par un tyran diabolique.

Machinalement, il avait décrit un quart de tour pour suivre les mouvements de Geean. Sa main était dans sa poche, son côté gauche tourné vers Geean. Il pensa que, dans certaines circonstances, le libre choix doit inclure la possibilité de la mort personnelle.

En opérant une légère pression du doigt, il actionna le déclencheur de l'appareil qu'il avait dans sa poche.

....

DÉPOSITION DU LIEUTENANT DÉTECTIVE JIM MURPHY DEVANT LE TRIBUNAL

Quand le cadavre de Michael Slade fut découvert la semaine dernière, au pied des collines à proximité de la ville de Smailes, je fus envoyé sur place. Ce fut à ma demande que l'enquête eut lieu dans la ville natale de Mr. Slade, où habitaient la plupart des témoins.

Je dois dire d'ailleurs qu'aucun de ces témoins n'identifia formellement le défunt comme étant Michael Slade, quand le corps leur fut montré. Plus tard, ils se montrèrent plus catégoriques; ils avaient apparemment surmonté leurs doutes initiaux en se disant que le mort, puisqu'il avait trois yeux, ne pouvait être que Michael Slade.

Un des motifs de ma venue à Smailes était que je voulais tenter de trouver où Michael Slade avait passé les mois précédents.

J'ai l'habitude de rechercher les personnes disparues, mais ma méthode cette fois ne fournit aucun résultat. Malgré le peu de temps écoulé depuis la mort de Mr. Slade, j'irai presque jusqu'à affirmer qu'aucune enquête ultérieure ne pourra rien ajouter au fait suivant :

Un jour, il y a plusieurs mois, Michael Slade a quitté son jardin, dans cette ville, et la semaine dernière son cadavre a été retrouvé près de Smailes. Entre-temps il n'a laissé nulle part de traces de son passage.

....

Ils grimpaient vers le sommet de la spirale, s'éloignant des craquements des flammes. La direction qu'ils prenaient préoccupait Slade. Comment feraient-ils pour redescendre, avec l'incendie leur barrant la route des étages inférieurs? Et si le feu détruisait les murs de fondation, et que le sommet du bâtiment s'écroulât jusqu'au sol?

Certainement, Leear et le nith pouvaient revenir au niveau du sol aussi facilement qu'ils passaient par les fenêtres. Mais, quand Slade demanda si telle était leur intention, Leear secoua négativement la tête.

Elle avait fait halte auprès d'une fenêtre.

« Nous avions pu venir ainsi grâce à la ceinture d'argent que je ne possède plus.

J'espère encore rencontrer un entrepôt de machines volantes. Si nous n'en trouvons pas, vous serez notre seul espoir.

— Moi? fit Slade abasourdi.

— Dites-moi, poursuivit Leear, êtes-vous capable de visualiser la machine au disque, que vous avez cachée près de l'endroit où vous ont capturé les chasseurs de Naze? »

Slade la regarda avec surprise. Elle était au courant même de cela! Il dit finalement :

« Je pense que oui.

— Y compris les trois points lumineux? »

Cette fois il se contenta de hocher la tête, tout en se rappelant ce dont l'appareil était capable.

« Alors faites vite, reprit Leear. Sa vitesse maximum est limitée à trois mille kilomètres à l'heure. Il ne sera pas ici avant plusieurs minutes. »

Slade la dévisagea, la gorge serrée. Mais il l'accompagna jusqu'à la fenêtre, ferma les yeux et se représenta la machine au disque. Le souvenir de celle-ci demeura flou un moment, puis il se fit clair et distinct.

Debout derrière lui, Leear dit d'une voix douce :

« Cillez lentement. Ne contraignez pas votre esprit. Laissez l'image aller et venir. En un sens, cela n'a pas d'importance; durant les six années à venir, vous et moi devrons apprendre les méthodes naturelles. »

Ces paroles happèrent la pensée de Slade, l'arrachant à sa concentration. Il essaya de s'imaginer celui qu'il pourrait être six ans plus tard. Il fallut la voix caressante, à l'effet presque hypnotique, de Leear pour le ramener au moment présent.

« Tenez bon, le pressait-elle, *tenez-bon!* La machine rejoindra le sol si vous cessez de la contrôler, et nous n'avons pas de temps à perdre. A tout instant désormais, le mécanisme principal du barrage peut être atteint, et le barrage s'effondrera. Après cela, même les matérieux les plus résistants de la tour ne résisteront pas longtemps. »

Les mots qu'elle prononçait apaisèrent Slade. Mais, à l'arrière-plan de sa mémoire, passa le souvenir de la remarque de Geean au sujet de la parure nuptiale. Ses pensées s'assombrirent. On n'imagine pas d'épouser une femme de dix mille ans plus âgée que vous! S'il s'était agi d'Amor, il eût dit oui. Ses défauts étaient humains; il se sentait enclin à les pardonner. Il avait l'impression que la jeune femme était désireuse de devenir sa compagne. Quand il l'aurait retrouvée, il le lui proposerait.

Il se concentrait à tel point sur la machine au disque qu'un intermède se déroulant à ses côtés lui échappa entièrement. Le nith avait informé Leear des pensées qu'il venait d'entretenir. Elle marqua une hésitation, puis son visage se mit à se transformer. Ses traits commençaient à présenter une ressemblance frappante avec ceux d'Amor lorsqu'une pensée brutale émanant du nith interrompit la métamorphose :

« Ne commettez pas de folies. Il n'est pas encore prêt à accepter de bon gré l'idée que vous étiez Amor — que vous avez joué ce rôle pour lui donner une image sympathique d'une femme de Naze, parce que le personnage d'une réelle buveuse de sang l'aurait par trop rebuté. Pour le moment, il serait capable de vous reprocher la mort de Caldra, même si vous pensiez cette nuit-là, en quittant les lieux, que la venue de Caldra dans sa chambre suffirait à le rejeter dans son monde.

« Autre chose, poursuivit le nith. J'ai lu dans votre esprit que vous êtes responsable de la mutation qui lui a donné un troisième œil. Ne le lui dites pas non plus immédiatement. Laissez-le découvrir plus tard que vous avez contrôlé sa vie depuis le stade embryonnaire. Laissez-le se rendre compte que vous pouvez être toutes les femmes en une... »

La femme hésita. Brusquement, elle redevint Leear. Au même instant elle vit vaciller le barrage violet.

« Le barrage! s'exclama-t-elle en un cri de peur très féminin. Il est abattu! »

Comme invoqué par ces paroles, un éclair métallique brilla à quelque distance. Puis ils virent se profiler dans l'encadrement de la fenêtre la machine au disque, qui s'arrêta de façon brusque devant les yeux de Slade.

« Le nith d'abord, fit Leear hâtivement. Ensuite moi, puis vous. Et ne vous inquiétez pas. La machine flotte vite. »

Mais il n'était que temps : l'incendie rugissait à leurs oreilles. Slade porta une dernière fois son regard sur la machine, puis il grimpa sur le disque à la forme concave, se serra contre ses compagnons et s'accrocha fermement au bord.

Le soleil étincelait dans le ciel et Slade survolait une foule dense, tout en se rapprochant du sol. Nulle part il n'apercevait de trace de Leear ou du nith. Dans la foule, soudain, il vit une grande jeune femme mince lever les bras vers lui. Avec un choc au cœur, il reconnut Amor. Il cria son nom et elle lui fit en réponse des signes frénétiques.

Puis il continua de descendre vers une cité qui commençait déjà de s'éveiller à sa destinée.

....

VERDICT DU JURY

Le jury déclare à l'unanimité que le corps retrouvé est bien, sans doute aucun, celui de Michael Slade. Les vêtements insolites qu'il portait ne constituent pas un détail essentiel. La mort semble avoir été due à une chute depuis un point élevé, sans doute d'un avion. Le jury estime qu'il n'existe aucune preuve de meurtre ou d'une quelconque machination criminelle.

....

Dans la collection
SCIENCE-FICTION

OMÉGA

ROBERT SHECKLEY

Oméga, le bagne spatial. Une société de hors-la-loi qui admet le crime, l'admire et le récompense. Un enfer où les damnés ont subi un lavage de cerveau et ne savent même plus pourquoi ils sont là ; où il faut devenir toxicomane sous peine de mort ; où les tueurs tiennent le haut du pavé, comme les kapos dans les camps de concentration.
Le héros de cette histoire doit s'adapter à ce monde impitoyable. Il apprend à se défendre. Œil pour œil, dent pour dent.
Jusqu'au jour où il revient sur Terre. Il croit ses malheurs terminés. C'est alors qu'il apprend la vérité sur son crime et sa condamnation. Et tout à coup, Oméga lui apparaît comme une sorte de paradis.

L'ÈRE DES GLADIATEURS

F. POHL ET C.M. KORNBLUTH

L'ère des Gladiateurs : un monde futur où la violence est institutionnalisée. Une jungle de béton formée de cités-cauchemars, où les Jeux du Cirque ont retrouvé la même faveur qu'au temps de l'Empire Romain, avec un raffinement d'imagination technique et de perversité. Dans cet univers où tout est jeu, votre destin dépend d'un gigantesque système de paris-mutuels. Mais pour les gangsters au pouvoir il n'y a pas de Hasard. Contre eux, contre cette maffia de l'avenir, le jeune avocat Charles Mundin engage un combat sans merci. Le voilà obligé de se faire gladiateur. Combien miseriez-vous sur lui?

LE SOURIRE DES CRABES

PIERRE PELOT

Cath et Luc ont fait quelque chose de défendu. De très défendu. Et les crabes se sont mis à sourire... Alors, ils sont partis tous les deux. Loin de leurs parents. Sur l'autoroute. Direction : le bout de la nuit. Et vite. Vite! Vite!...

Un livre dur, sans concession. Une violence à couper le souffle. Un mépris total des interdits et des tabous. Une explosion de sang et de colère. Et surtout une dynamique, une rapidité qui vous entraînent sans vous laisser un seul instant pour respirer.

Livre déconseillé aux personnes sensibles!

IMPRIMÉ EN FRANCE PAR BRODARD ET TAUPIN
58, rue Jean Bleuzen - Vanves.
Usine de La Flèche, le 10-08-1984.
6898-5 - N° d'Éditeur 1216, 2e trimestre 1977.

PRESSES POCKET - 8, rue Garancière - 75006 Paris
Tél. 634.12.80